ラブシートで会いましょう

青野ちなつ

Illustration
高峰 顕

B-PRINCE文庫

※本作品の内容はすべてフィクションです。
実在の人物・団体・事件などには一切関係ありません。

CONTENTS

ラブシートで会いましょう

飛行機がゆっくり滑走し始め、壁についている小さな窓から、グレーっぽい作業服を着た整備士達の、手を振っている姿が見えた。

この風景を見ると、一週間を締めくくる儀式のように思えていつもほっと息がもれる。乳製品の大手メーカーに勤務している、おれ、工藤芳人《くどうよしと》は、携わっているプロジェクトの関係で毎週末の帯広《おびひろ》出張を余儀なくされていた。

乗り物酔いのきらいがあるおれは、飛行機を使ったこの出張を初め苦手としていたが、乗りなれて酔いも和《やわ》らいでくる頃には少しだけだが楽しむこともできるようになっていた。あるシートの存在を知ってからだ。

それが『お見合いシート』。

飛行機には、必ずキャビンアテンダントが乗務する。その彼女達が離発着時に座る座席と、向かい合うように設置してあるシートがそれだ。

二人が向かい合って座るためか他の席より足元が広くなっており、乗り慣れたビジネスマンには人気の高い席でもある。しかも、面と向かうのは美人なキャビンアテンダント。

自分で言うのもなんだがおれはけっこうモテる方で、目の前に座るそんな彼女達とも毎回のように会話が弾《はず》んだ。母親似の柔らかい容姿を恨《うら》んだことは多々あるが、こんなときは持って生まれた外見でよかったと実感させられる。

だが、今日のお見合いシートは失敗だ。

なぜなら今、前のシートに座ろうとしているのは男、だったのだ。

まぁ、男性乗務員が相手でも会話が弾まないことはないけど、やっぱり潤《うるお》いは断然足りないよな……。

なにより男二人で向かい合うと広いはずの足元のスペースがやたら狭くなって、せっかくの利点が台無しなのだ。しかも今日の最大の難点は、さっきから執拗《しつよう》に感じていた視線の主《ぬし》がこの体格のいい美丈夫《びじょうふ》であったのが判明したことである。

せっかく面倒な仕事を終わらせて東京に帰るというのに、最後の最後でツイてない……。

いくら顔がよくても同性は守備範囲外だ。

内心ため息をつきながら、真正面から向けてくる隠《かく》そうともしない不躾《ぶしつけ》な視線から逃《のが》れるように顔を俯《うつむ》けた。

機内に飛揚《ひよう》する合図である二回のホーンが鳴ると、飛行機は滑走路を滑るように走り出した。外は雨が降り始めたのか、小さな窓の外側を水滴が斜め後方へと上がっていく。

ふわり——と、空中へ浮き上がる。同時にずぅんと腹部にいやな感覚が落ちてきた。

今日の酔いはいつもの二割増しだ。気を紛《まぎ》らわせてくれる楽しい会話の代わりに、気鬱《きうつ》にさせる男の視線。

二度目のため息を噛《か》みつぶしたときだった。

「飛行機は苦手ですか？」

思わず聞き惚《ほ》れそうになった、しかしなぜだか探るような口調《くちょう》のバリトンが降ってきて顔を上げる。

「……っ」

男の、息をのむ音がはっきり聞こえた。

実をいうとおれも内心はっとしたが、さいわい面《おもて》に出ることはなかった。

いい男、だったのだ。

賢そうな額に切れ長の瞳。真《ま》っ直《す》ぐに通った鼻すじに引き締まった唇。さらには、女顔のおれには逆立ちしたって持ちえない落ち着いた男としての色香《いろか》をもにじませていた。

負けた……。

がっくりと肩を落とし、けれど次の瞬間きっと顔を上げる。

いつまで見てるんだよっ。

きりりと眦《まなじり》をつり上げて、まだおれを見つめたまま惚《ほう》けたように表情をなくしている男を睨《ね》めつける。が、普通であれば目を逸《そ》らすであろうおれの視線の前で、我に返ったらしい男はにっこり笑って言ったのだった。

「工藤、芳人さん――ですよね？」

名前を呼ばれてぎょっと男を見つめる。それで答えを知ったのか、男は頷《うなず》いて身を乗り出してきた。

「覚えてない？　恭二《きょうじ》だよ、石川恭二《いしかわ》」

石川、恭二？

「え――もしかして。恭、ちゃん？」

おれの言葉にくしゃりと男――恭二は破顔《はがん》した。

恭ちゃんこと石川恭二は、中学時代のおれの親友だった。親の都合で転校が続き、友人さえつくれなかったおれの暗い少年時代を打破してくれた存在でもあった。

馴染《なじ》む間もなく転校してしまうせいか、行く先々で異分子扱いされ続け、いつしか依怙地《いこじ》で後ろ向きな性格になっていたおれを、恭二は根気強く解《と》きほぐしていったのだ。素直になれないおれの傍《そば》でいつも笑って話しかけ、再び転校する頃には唯一無二《ゆいいつむに》の存在になっていた。

転校後は、相次ぐ引越しで連絡が途絶えてしまい、ずっと心の隅に気にかかってはいたものの、年月が年月だけにもう会うことはないだろうと諦《あきら》めていたのだが。

その、恭二だって？

「似てるなって思っていたんだ。あの芳人が大きくなったらこんな感じじゃないかって。でも、その目を見るまでは確信が持てなくて」

柔らかいこげ茶色の瞳が瞬《まばた》きもせずにおれの目元を見つめていて、おれは気恥ずかしくて顔を伏せてしまった。

昔、恭二に目がきれいだと始終言われていたのを思い出したのだ。まるで、今も同じことを言われた気がして面映《おもはゆ》かった。

「恭二はずいぶん変わったじゃないか」

照れくさくて、少しぶっきらぼうにおれも感じていたことを口にする。

さっき見とれてしまったことはもちろん言えないが、改めて恭二だと思って眺《なが》めても、そのかっこよさは少しの衰《おとろ》えも感じないのが不思議だ。

昔の恭二はおれより背が低くて冬でも真っ黒に日焼けしていたのだ。今、長い足を窮屈《きゅうくつ》そうに折り曲げて、貴公子然と座っている男からは想像もできない。

しみじみと眺めるおれの視線に、恭二は擽《くすぐ》ったそうに肩をすくめた。

「芳人も変わったよ？　前より、ずっとずっときれいになった……」

感嘆の響きをもつ恭二の言葉に、今度こそ赤面《せきめん》してしまった。

なんだよ、変わってないじゃないかっ。

昔からこんなことばかり口にして、おれが困った顔をするのを楽しんでいるフシがあった。

今も、赤くなったおれの頰《ほお》を見て目を細めている。

「ばか、言うなよっ」

そう抗議するのに。

「本当のことだよ？」

笑っておれをとりなすところも変わらない。

「――歩いてくる姿を見て心臓が止まるかと思った。早く確かめたくて、けれど違ったときが怖くて、実は仕事どころじゃなかったんだ」

「恭――二？」

独白《どくはく》めいた恭二の言葉に目を瞠《みは》った。

もしかして、恭二もおれのことを忘れないで気にかけてくれていたのか？

じわりと嬉しさがこみ上げてくる。と、同時につきりと古傷が疼《うず》いた。恭二に付随《ふずい》するもうひとつの記憶も、その時の胸の痛みと共に思い出してしまっていた。

期待と不安を胸にそっと目の前の男を窺《うかが》う――が。

「……なんてね」

一転してはぐらかすように恭二は首を傾《かし》げた。そして、思いをめぐらすように視線を伏せたまま喉《のど》で笑っている。

「恭二っ」

「ふふ。それより、芳人はよく飛行機に乗るの？　このシートに座るなんて」

言外にキャビンアテンダントが目当てかと指摘された気がして、今度はおれの方が視線を泳がせてしまう。

「いや――うん、まぁ。毎週、木曜と金曜で一泊二日の出張なんだ」

「帯広に？　毎週この便？」

「そう、帰りは毎週この最終便を使ってる」

「エリートサラリーマンってやつだ」

「そんな偉いもんじゃないって」

恭二の親しみやすい態度もあってか、おれはすっかり昔の慕《した》わしさを思い出していた。

ポーン……。

しかしそんな時、機内にホーンが響き、シートベルト着用のサインが消える。同時に、恭二がシートベルトを外した。

「ごめん、仕事しなきゃ」

その言葉に、ここが飛行機の中で恭二が仕事中であるのを思い出した。

まだまだいろんな話をしたかったのに、と一人残念な思いを嚙みしめる。

「ね、今日はもう会社に戻らないで帰るだけなんだよね？」

「うん、直帰《ちょっき》だけど」

「じゃ、飲みに行こうよ。まだ話し足りないしさ」

まるでおれの心を察して先回りしたような恭二の言葉に、また昔を懐《なつ》かしく思った。

少年時代の恭二も、こんなふうに人の気持ちに聡《さと》かったっけ。

なんだ。姿形は変わっても、本質は少しも変わってないじゃないか。

じんわりと、胸の中に温かいものが広がる。

「いいね、行こうか」

しぜん柔らかい声音《こわね》になったおれの答えに恭二は相好《そうごう》を崩《くず》して立ち上がり、ふわりと微笑《ほほえ》みを残して後ろへ歩いていった。

恭二のあからさまに嬉しそうな表情に、おれは今度こそ頰が緩《ゆる》んでしまうのを抑《おさ》えられず、一人苦笑しながら肘掛《ひじかけ》部分のポケットから機内誌を取り出した。

機内では、キャビンアテンダントによるドリンクサービスが始まっていた。

毎週飛行機に乗っているおれは、恭二のような男性乗務員も数回見たことはある。けれど、その数回見た男性乗務員はもちろんのこと、他のどんなキャビンアテンダントよりかっこよく見えるのはなぜだろう。

真っ白な襟元《えりもと》に濃紺《のうこん》のネクタイをきりっと締めて、襟にパイピングの入った紺色のジャケットを身にまとう恭二は、会社が制服をお披露目《ひろめ》するために用意したモデルであるかのように、見目《みめ》鮮やかでひときわ華《はな》があった。

カートを押しながら飲み物を配《くば》っている最中だが、きびきびとしていながらも流れるような所作《しょさ》が優雅で妙に様《さま》になっていて、ついつい見とれてしまう。

恭二、本当にかっこよくなったなぁ……。

「待ち遠しかったの？」

ようやくおれの隣に立った恭二が開口《かいこう》一番にそんなことを言うから、思わず眉《まゆ》を上げる。

「一人で寂しかった？」

おれがずっと目で追っていたのを気付いていたという恭二の言葉に、耳まで熱くなった。

「喉が渇《かわ》いたんだよっ」

「ふうん、そうなんだ？」

上目遣《うわめづか》いに睨《にら》むおれの視線をさらりとかわし、楽しそうに目だけを微笑ませる。

「何になさいますか？　お客さま」

「コーヒー」

勿体《もったい》をつけたような恭二の口調に、おれはとうとう開き直って横柄《おうへい》に言い放った。

そう、おれは客。おまえは乗務員だからな。

が、そんなおれの虚勢《きょせい》もわかっているとでもいうふうに、恭二が微笑みを深くするからますます面白《おもしろ》くなかった。

女性から、はたまた友人や会社の同僚からも、もう少し弱みを晒《さら》してくれてもとため息をつかれるほど、人に対してどこか一線を引いてしまうおれなのに、久しぶりに会った恭二の前だと、なぜこんなに子供っぽいバカなことをしでかしてしまうのだろう。

人と馴染めなかった少年時代のトラウマからか、感情を曝《さら》け出すような親密な人付き合いがどうしても苦手で、ある意味もう自分の欠点だと諦めていたのに、それが最初から存在しなかったかのように振るまえている今の自分が不思議でならなかった。

隣では、恭二が銀色のコーヒーポットを右手で持ち上げ、カップへと飲み物を注《そそ》いでいる。

制服に包まれた体軀《たいく》はすらりとしているが決して貧弱ではなく、内からにじみ出る品性をまとったかのように優雅な雰囲気をかもし出していた。わずかに伏せられた目元はきりりと引き締まり、ゆるく微笑みを形作ったままの口元。ポットを掲げる肩から腕にかけてのラインは、しなやかで力強く安定している。

その姿は一流のバーテンダーのようでもあり、とびきりの美女に奉仕する極上《ごくじょう》のホストのようでもあり、こっそり見ていたはずなのにおれはいつの間にかうっとり見入っていた。

そんなおれの前に、恭二は湯気《ゆげ》の上がったカップをセットする。

「熱いから気をつけて」

「——ありがとう」

笑顔と共に添えられた言葉とコーヒーの香りに、ふっと胸のもやもやも晴れる気がした。

「で、おまけね」

必要以上に腰を屈《かが》めて恭二が耳打ちし、なにかを手に握《にぎ》らせる。

が、心地のよいレベルを通り越した低い声に、おれはくたりと腰を抜かしてシートにへたり込んでしまった。

「ばか、やろう……っ」

「芳人？」

「耳——耳元で、しゃべるなっ」

耳を押さえて顔を赤くしたおれの言葉に恭二は目を見開き、そしてくしゃりと顔を崩した。

「わ、笑うなよ」

鳥肌が立っている腕を擦《こす》りながら地団駄《じだんだ》を踏む。

まだ笑ってやがるっ。

恭二を睨み上げようとした。が、さっきのように黙《だま》っているとストイックで男らしい感じなのに、笑うと思いもかけず子供っぽい顔を覗《のぞ》かせる恭二に、おれもなんだか笑みがこぼれてしまった。その表情に、ふと昔の恭二の片鱗《へんりん》を見た気がしたからだ。

そして手の中に、握り締めて変形してしまったが、航空会社のマークが入ったチョコレートの包みを見つけて目を細める。

「……サンキュ」

普段この飛行機に乗っていて、飲み物以外になにか出てきたことはない。たぶん、おまけと恭二も言っていたがノベルティグッズのひとつなのだろう。

そう思ったおれに。

「幼児に配るチョコレートなんだ」

人の悪い笑みを浮かべて恭二がのたまう。

おれはもう怒るに怒れず、逆に笑いがいつまでも止まらなかった。


「ごめん、遅くなった」

到着ロビー前のコーヒーバーで待っていたおれの前に、ノーネクタイのスーツに着替えた恭二が滑り込んできた。子供っぽく顔を崩し目の前で両手を合わせる姿は、さっきまで飛行機の中で優雅に飲み物をサーブしていた男とはとても思えない。

「いいよ、仕事だったんだし」

足元に置いていた銀色のアタッシェケースを持ち上げ、二人で歩き出す。

「なぁ、かなりお腹《なか》すいてるんだけど、どこ行く？」

チラリと同じ階にあったカレーショップを見やるおれに、恭二は苦笑した。

「うん、でももうちょっと我慢《がまん》して？　和食の美味《おい》しい店を予約しているんだ」

「えー」

「すぐ着くから。天王洲《てんのうず》にあるんだ」

おれの上目遣いの視線に、恭二はなぜか嬉しそうに頷く。

わがままが言えている自分もおかしいと思ったが、そのわがままを言われて嬉しそうにしている恭二も変だと首を傾げる。

「本当に美味しいんだろうな」

慌《あわ》てて顔を引き締めるものの、口調からはどこか甘えたような響きが抜けなかった。

意図《いと》して素直になれる年齢でも性格でもないのに、なぜこうも感情が表にこぼれ落ちてしまうのか。

「うん、保証するよ」

おれの小さな葛藤《かっとう》に気付いているのかいないのか、恭二がふわりと微笑んだ。その笑顔に宥《なだ》められた気がして、おれはもうなにも言わずにモノレール乗り場へと下りていった。

「石川さん」

おれと恭二がホームに着くと、まるで待ち構えていたかのように数人の女性が近づいてくる。

「お疲れさまでございます」

女性達の挨拶《あいさつ》に、恭二も会釈《えしゃく》を返している。

同僚？　キャビンアテンダント達か？

ゴージャスな彼女達のいでたちに、それを確信する。

「わたくし達これから食事へ行くところなんです」

「石川さんもいかがですか？」

「もちろん、お連れの方もご一緒《いっしょ》に――」

次々と恭二に誘《さそ》いの言葉をかける女性の一人から含みのある流し目を送られ、おれもまんざら悪くない気分になる。さっきまでの空腹もなんのその。今だったら銀座《ぎんざ》でも恵比寿《えびす》でも、どこまでも行けそうだった。

おそらく目を輝かせているだろうおれをちらりと見て、恭二が困ったように笑う。しかし、口から出た言葉は。

「お誘いは嬉しいのですが。彼とは十数年ぶりに会って話も尽きないと思いますので、今日のところは遠慮させて下さい」

と、すっぱり断ったのだった。

「おい？」

女性がいてもかまわないぜ、とおれは視線で訴《うった》えたのだが。

「あら、それではお店だけでもご一緒なさらない？」

「そうそう。お話が終わったら同じテーブルを囲めますし」

彼女達の方でもなんとか食い下がろうとする意気が見えて、おれはわかってしまった。この女性達は恭二が目当てだと。

こうもあからさまだと、なんだかなぁ……。

さっき流し目を送ってくれた女性も、一緒に頼んでくれとばかりに目配《めくば》せをしてきたが、もうその彼女にも魅力を感じることはできなかった。

「申し訳ありません。モノレールも来ましたから、これで」

そんな彼女達に恭二はそっけないとも言える口調で断り、おれを促《うなが》し車両に乗り込む。

女性達にはザマーミロと胸のすく思いはしたが、なぜかむっとした気分が抜けず、目的の駅に着くまでおれは黙り込んでしまったのだった。

食事を終えても話は尽きなくて、場所を移して本日二度目になる乾杯のグラスを交わしたのは、夜もずいぶん更《ふ》けてからのことだった。

「んじゃ、改めて……」

「乾杯」

喉の渇きに促されグラスの半分近くまで飲み干すと、思った以上にきつかったアルコールのためか胸がかっと熱くなる。急にほてってきた頬に、冷房の風が気持ちよかった。

「んー、酔ったかなぁ」

ほうっと大きなため息が自然にもれたおれを、斜めに向かい合うソファにゆったり腰かけた恭二が覗き込んできた。

「そう？　でもそんなに弱い方じゃないよね」

「うん、でも久しぶりに楽しかったから――つい、飲みすぎた」

「……あぁ、日本酒、けっこう飲んでたよね、そういえば」

恭二の言葉に小さく頷く。

週末ということで、ベイエリアを一望できるホテル最上階のバーはかなり混雑していたが、運よく窓際の席に座ることができた。

眼下《がんか》に広がるベイエリアの夜景に見とれながら、またグラスを傾ける。

まるでおれが帯広から連れてきたようなタイミングで降り出した雨も、今はもう上がっているようだ。埃《ほこり》がぬぐいさられたせいか、イルミネーションもことさらきれいに見えた。

すごく、いい気分だった。

最初に訪れた、恭二の趣味のよさが窺える小料理店でたっぷり料理を堪能《たんのう》し、近況や昔話などでおおいに会話を楽しみ、ここしばらく感じたことがないくつろいだ時間を過ごすことができた。

ふわふわと、酔っ払ったというほどでもない心地よい酩酊《めいてい》感が、いい気分をさらに浮上させている。

くすり、と笑い声が聞こえて隣を見ると、柔らかく微笑んだ恭二がいた。

「よかった……」

「なにが？」

人肌が恋しくなって心もち身を寄せる。

酔っているせいか、男二人で窓側のテーブルを占領しているとか、内緒話《ないしょばなし》をするかのように身を寄せ合っているとかいう不自然さもまったく気にならなかった。

カップルのために作られたであろう隣り合ったソファに座る恭二から、仄《ほの》かなコロンの香りと微《かす》かな体温が感じられ、その心地よさにうっとりと目を閉じる。

「怒ったのかと思っていたから」

穏《おだ》やかな恭二の声は、耳から入ってきて体にゆっくり染み込んでいく。

「怒った？」

「モノレール乗り場でのことだよ」

あぁ、キャビンアテンダント達の誘いを断ったことか。

「芳人は行きたそうだったから……」

「んー、まぁな」

「でも、オレは邪魔《じゃま》されたくなかったんだ」

確かに、彼女達がいたらこんな時間はもてなかったかもしれない。

人当たりはいいくせに周りに線を引いてしまいがちなおれは、彼女達がいたら恭二に対しても見栄《みえ》をはった上《うわ》っ面《つら》だけの再会で終わっていたかもしれなかった。いや、いつもなら誰が相手であろうと同じ態度しか取れないのに。

なのに、今恭二に対してそういう普段の取り繕《つくろ》った自分が作れない。いや、作らなくていいのか——？

三人兄弟の末っ子のせいか元来《がんらい》わがままで子供っぽいところがあるおれだけど、それを見せるのは家族だけという内弁慶《うちべんけい》である。他人に自分を見せて拒絶にあうのが怖いといってもいい。けれど、笑って許容し受け入れてくれた恭二が先だったのか、おれのわがままぶりが発揮された方が早かったのか。気が付いたときには、素《す》のままに振るまっている自分がいた。

手足を思う存分伸ばしてくつろいでいる気分なのだ、恭二の傍にいると。

幼なじみというのはすごいと思った。

それとも、そうさせる恭二がすごいのかもしれない。

「芳人が美人だから彼女達もなかなか引き下がらなくて、ちょっと強引に断ったよね」

「なんだよ、美人って。けど彼女達の目当てはおれじゃなくて恭二だったんだぜ？　だから断ってよかったよ。なんかさ、むかついたんだ。あんまりミエミエだったから」

「妬《や》いてくれたの？」

強い視線を感じて瞼《まぶた》を上げると、思ったより近くに端整な顔があった。

「ばーか。そんなんじゃないよ」

間近で見るとその端整さも際立って見える。

くっきりとした鼻梁《びりょう》に切れ長の目。その瞳は独特のストイックな、少し硬骨な印象を与えるが、微笑むと一転して柔らかい表情に変わるのを、もうおれは知っている。

パーツパーツがそれぞれ極上なうえに、絶妙な配置。その緻密《ちみつ》さゆえ、中国系の彫りの深い蠟人形《ろうにんぎょう》のように見えなくもないが、生気溢《せいきあふ》れる表情がそれを裏切る。

きれい、だよなぁ……。

ふわりとその極上品がおれに微笑んだ。少し困ったように。

「そんな目で、人を見るもんじゃないよ」

声まで極上品なのだから、神様もえこひいきしすぎだ。

「芳人は知っているのかな。その黒目がちな瞳がどんなにきれいかって」

また言ってる……。

そういえば、昔恭二と出会って初めての言葉も、きれいな目をしてるねとかなんとかじゃなかったっけ。酔った頭が突然記憶をフラッシュバックさせた。

口の端に笑みが浮かぶ。

「昔から、その大きな黒い瞳で何人もノックアウトしていたけれど、今もまったく変わってないなんて本当のところ思ってもいなかったよ。オレとしては、もう少し威力《いりょく》が弱まってくれていた方が安心だったんだけど、ね」

ふふ、と言葉とは裏腹《うらはら》に恭二は嬉しそうに笑っている。

「恭二？」

「白いところなんて、とろりと青いんだよ？　……思わず、舐《な》めてみたくなる」

本当に舐められてしまいそうな間近で囁《ささや》かれた言葉に、ぞくりと肌があわ立った。

「——だから、その目で他の人をあんまり見つめたらダメだよ？」

他の人はダメでも恭二ならいいのか？

まるで口説《くど》かれているみたいだ。

気分がハイになっているのも手伝ってか、小さな笑いがいつまでも止まらなかった。その間、恭二は眩《まぶ》しそうに目を細めておれを見つめていた。

決して荒げない恭二の柔らかな口調——。

「なぁ」

——この声に溶けてしまいたいという誘惑《ゆうわく》に駆られる。

「なんで昔……」

だから、聞いてみた。

「おれのこと、友達なんかじゃないって言ったんだ？」

恭二のことを思い出すと、必ず浮かび上がって胸を締めつける記憶。

今なら聞けると思った。違うと、否定してくれると思った。

「ちい兄《にい》に、兄貴に向かって言ってたろ？　聞いてたんだけど」

けれど、恭二の目を見ることまではできずに俯く。

「おれは――」

親友だと思っていたのに。

親友のはずであった恭二から放たれたその言葉は、すっかり恭二に心を許していたおれを打ちのめした。

ちょうど次の転校が決まった頃だったか。

もちろんおれの目の前で言われた言葉ではなかった。日頃からなぜか恭二を毛嫌いしていたおれの二番目の兄と恭二が派手《はで》なケンカをやらかしていたところに遭遇《そうぐう》して、盗み聞きしたようなものだったから。

けれど、だからなおさら取り繕いもしない本当の気持ちなのだと確信したのだ。

「覚えてないかな、ちょうどバレンタインで恭二がおれにチョコをくれた日だった。冗談《じょうだん》でもすごく嬉しかったから、おれも恭二にチョコをあげたいって買いに行く途中に……」

「――もしかしてあの時か。確かに、ちい兄とのケンカでそんなことを口にした覚えはある。でも、あれは――…」

思い出してくれたのか、苦々しく呟《つぶや》く恭二に、やはり本気で思っていたのだと改めて胸が重くなる。もう十年以上昔の出来事であるにもかかわらず。

「あぁ、そうか。だからお別れの挨拶もなしに行っちゃったんだね、あの日」

噛みしめるような恭二の言葉に、おれはなにも言えなかった。

大好きな人に裏切られたというショックは大きかった。転校する前後の記憶が曖昧《あいまい》になったほど、情緒《じょうちょ》不安定に陥《おちい》った。

月日は経《た》ったけれど、その恭二の一言だけはトゲのように心に刺さって、いつまでも苦しさを忘れさせてくれない。だから、こんなに大きくなってもたわいのない子供の頃の話だよなと笑い飛ばすことができなかった。

けれど、今ならきっと――。

「……信じてもらえるかわからないけど、あれは友達なんていう言葉で括《くく》られるほど簡単な気持ちじゃないって、言いたかったんだ」

祈るような思いで恭二の言葉を待つおれの耳に、真摯《しんし》な声が降ってきた。そっと顔を上げる。

「もっと大切な――」

言葉を止めた恭二だったが、なにを言わんとするのか、その溜めた物言いがありありと語っているように思えた。

おれの視線を受け止めても揺るぎもしない真っ直ぐな瞳に、心が浮上する。

「おれもっ。おれも思ってた」

胸の内で、なにかが弾けて温かいものが広がっていくのを感じた。

「親友だって。恭二はおれにとってたった一人の大事《だいじ》な親友なんだって」

しらふでは絶対言えない素直な言葉がするりと口をついて出た。いや、普段であれば酔ってさえも自分を失うことはないのに、もしかしたら先ほど弾けたものは、おれがいつもがちがちに張り巡らせていた虚勢の防壁だったのかもしれない。

「……そうだね。でも、親友よりもっと大切だったんだよ？」

その言葉におれは何度も頷いた。

「悲しかったんだ。ずっと、苦しかった。おれだけの一方的な気持ちだったんだって」

「芳人……」

「でも違うと今日わかって、よかった――…」

つんと鼻の奥が痛くなってじんわり目頭《めがしら》が熱くなった。

泣くつもりなんてなかったのに、酔ってどこか麻痺《まひ》した頭では、それぞれの器官がばらばらに動いてしまうのを止めることはできなかった。

「困ったな。今日は無事に帰そうと思っていたのに」

ゆるりと霞《かす》んだ視界に、困惑《こんわく》した表情が映る。けれど「芳人」と囁くように名前を呼ばれたときには、恭二の双眸《そうぼう》に小さな炎が灯《とも》っていた。

「――さらっても、いい？」

その声は、不思議と甘く聞こえた。

まだ帰りたくなかった。恭二と一緒にいて、ずっと感じていた優しく穏やかな時間をもっともっと長引かせられたら――……。

そんなおれの気持ちを汲み取ってくれたような言葉に、深く頷いていた。

それを見て、恭二は嬉しそうに目を伏せて立ち上がる。

「ちょっと待ってて」

しばらくして戻ってきた恭二に促され、連れていかれたのは階下の客室のひとつだった。

「水、飲む？」

「うん」

スマートなエスコートに恭二の慣れを感じて、少しだけ面白くない気持ちにさせられたのはなぜだろう。

ソファに背を預け、自分でも不可解な感情を恭二には見せたくなくて顔を逸らす。と、開け放たれた奥のバスルームの窓にレインボーブリッジを見つけて、小さく声を上げた。

「なに？」

ボトルを手に戻ってきた恭二が、おれの視線の先を見やる。

「あぁ。きれいだろ？」

満足そうな声が、彼がこの風景をすでに見知っていたことを教えた。その事実にじくりと胸が痛む。

恭二と再会してから不意に訪れる、おれの意思を無視した感情の揺れがなんなのか。わからなくてもどかしく、また腹立たしかった。

「フロに入りたい」

熱いシャワーでも浴びて、それを払拭《ふっしょく》したかった。

「え、でも、大丈夫《だいじょうぶ》? 相当酔っているよね」

心配そうな声に口調を強くする。

「酔ってなんかないっ」

「でも――」

「入るって言ったら入るんだ」

恭二はレインボーブリッジを睨んだままのおれをしばらく見ていたが、諦めたように小さく苦笑した。


チャプン……。

耳のすぐ近くで水が跳《は》ねた音がし、ぎょっと目を見開く。

「……え」

「目が覚《さ》めた？」

水音に重なるように耳元で聞こえた声に、つま先まで震えが走った。豪奢《ごうしゃ》なバスタブの中で危うく体が沈み込みそうになったが、横から回されていた腕がそれを止める。

「恭二っ。どうして──」

「お風呂《ふろ》、入りたいって言ったよね？」

肘までシャツを捲《まく》り上げた恭二が、バスタブの縁《ふち》に腰掛けて微笑んでいる。

「けど、今の芳人がひとりで入るのは無謀《むぼう》だからね。酔っているときに入ると、溺《おぼ》れちゃうんだよ？」

だから自分がここにいるんだと言わんばかりの言葉に、余計なお世話だと怒鳴《どな》り返そうとしたが、その前に酔って夢うつつに駄々をこねまくったことを思い出す。

「おれ──っ」

「うん、可愛《かわい》かったよ」

よいしょと、回した腕でまた沈みかけたおれを湯の中から救い出しながら恭二が笑う。

恥ずかしさと居たたまれなさで逃げ出そうと体を起こしかけるが、拘束を強くした腕がそれを阻《はば》む。反対の空《あ》いた手で、おれの額にかかった髪を横に撫《な》でつけながら恭二は内緒話をするかのように囁いた。

「本当に、可愛かった」

瞬間、うなじの毛が逆立《さかだ》つ気がして口からあえかな声がもれた。それは、浴室に思いの外《ほか》大きく響き、同時に体を通して確実に恭二にも伝わってしまった。

「芳人？」

困惑ともつかぬ恭二の声。その声にさえ、ぶるりと体が震えた。湯の中だというのに鳥肌が立ってしまう。

どうして──っ。

酒でいくつかのストッパーが無力化してしまったのか。易々《やすやす》と下半身がもたげてきそうな気配に膝《ひざ》を立てて体を隠そうとするが、明るい照明と透明な湯はすべてを曝け出してしまう。

「芳人」

泣きたい思いで今度こそ本気で起き上がろうとするが、またも恭二が腕で止めた。

「やっ、待っ……」

このままじゃ、まずい。

男の、親友である恭二の声で欲情するなんて、おかしいじゃないかっ。

「芳人、大丈夫だから」

低く落ち着いた声は、おれを静めるどころかさらに熱を煽《あお》る効果しかもたらさない。

必死で逃げ出そうとばたつかせる手足を、シャツが濡《ぬ》れるのもかまわず宥めるように擦って
くれる恭二の腕の硬さが、強烈に男を意識させる。

けれど、一向に気持ちが萎《な》えてこないのはなぜだろう。

それどころか――。

「恭二ぃ……」

リーチの長い腕を絡《から》ませておれをとどまらせようとする恭二に、逆に縋《すが》りついてしまいそうだった。

「大丈夫」

吐息《といき》が耳朶に触れる。肌があわ立ち、目の前のレインボーブリッジがゆらりと揺らいだ。

「大丈夫だから」

おかしいんじゃない？

酒のせいかな、そうだよな？

「大丈夫。力を、抜いて――」

魅惑的《みわくてき》な声に唆《そそのか》されるように、体の強《こわ》ばりが解けていく。

そんなおれの体を、バスタブの中に身を乗り入れるように恭二が抱きしめてくる。見る間に恭二のシャツが水気を含んでいった。

「……芳人」

宥めてくれていた恭二の手がゆっくり体を滑り落ち、屹立《きつりつ》しかけたおれの熱をゆるゆると包んだ。

「は、ぁ……っ」

長い息がもれる。

「気持ちいい？」

きりっと耳たぶを噛まれ、たまらず体を支える左腕に額を擦りつけた。

それが合図であったかのように、おれの熱を包んでいた手がゆっくり上下に動き出す。その動きに合わせて、恭二のシャツが湯の中でたゆたう。

「あ、っ……んっ、…はっ。恭二ぃ」

他人の手によって自分の体の変化をまざまざと知らしめられる羞恥《しゅうち》は、もたらされる甘美《かんび》な手淫《しゅいん》によって追い払われた。

「う…んっ」

女性のような柔らかさはない、しかし的《まと》を射《い》た愛撫《あいぶ》は、瞬《また》く間《ま》におれを高みに連れ上げる。

「……芳人」

さらには、極上の媚薬《びやく》のような恭二の囁きが耳穴《じけつ》に吐息と共にもたらされると、体中の血液が発火剤に変わったかのように、かっと全身を燃え上がらせるのだ。

「…っあ……ぅ…ふっ」

ビクビクと痙攣《けいれん》する丸めた背中に小さなキスを落とされる。間をおかずに肌を吸われるじりっとした甘い痛み。

「ふっ、ん…ぁ――っ」

丁寧《ていねい》な口づけは肩甲骨《けんこうこつ》の縁を、その形を教えるようにゆっくりなぞったあと背骨を上がってくる。そして首筋にたどり着くと、今度はゆるく歯を立てられ、瞬間おれは高い悲鳴を上げていた。

「芳人、可愛い」

「恭…じ」

すべてが愛撫だった。優しくゆっくりと焦《あせ》らない。愛されていると錯覚《さっかく》させるほど熱烈で力強く、マイナスの因子などひとつも含んでいない空気がまといつく。

今、この瞬間がたまらなく愛《いと》おしかった。

目じりから涙がこぼれ落ちる。

「芳人」

横からそれを舐め取る唇。涙を舐め上げた舌が、そのまま目縁《まぶち》にそって動いていく。

「あ…ぅんっ……ん」

先ほどのバーでの会話が瞬時に浮かんできた。

――舐めてみたくなる。

「や…ぁ」

戦慄《せんりつ》とも陶酔《とうすい》ともつかぬ思いで今にも瞳を舐めんばかりの恭二を、弱々しく見上げる。

「芳……」

ごくりと恭二の喉が大きく動いた。

「恭、二？」

追い立てられているのは自分の方だと思っていた。おれだけが、いいように翻弄《ほんろう》されているのだと。けれど、おれを見下ろす恭二の瞳には、はっきりと欲望の炎が滾《たぎ》っていたのだ。

「……あぁっ」

恭二も欲情している――その意識がいともたやすく最後の理性を取り払った。腰の低い位置から震えにも似たなにかが一気に背筋を駆け上っていく。

「きょ…じ――っ」

顎《あご》に手がかかり、唇がふさがれ恭二が強引《ごういん》に歯列を割ってくる。

「んっう」

ぬらりと舌に上顎をなぞられた瞬間、背筋を駆け上がってきたものがその勢いのまま頭の中で大爆発を起こした。


喉に冷たい液体が流れてきて、ふぅっと意識が浮上した。

いつの間にかベッドに横たわっていて、上から誰かの顔が覗き込んでいる。体の節々《ふしぶし》に快感の余韻《よいん》が漂《ただよ》っていて視覚も麻痺したままなのか、ぼんやりとした像は映《うつ》してもそれを名前のあるものへと変換してくれなかった。

「……ん」

唇に残る水気《みずけ》に舌を滑らせる。

「――?」

柔らかい声が降ってきたが、これも意味のあるものにはならず、耳の奥に落ちただけだった。けれど、声を放っている目の前の赤く色づいた器官が、おれの官能を強く揺さぶる。背中をむずむずさせるなにかに衝《つ》き動かされるように、それを引き寄せて――。

唇で触れてみた。

足りなくて舌で舐める。

歯牙《しが》で、噛んでみる。

――気持ちいい。

と、今まで動かずおれにされるがままだったそれが突然襲《おそ》いかかってきた。

「うんっ」

唇を吸われ何度も噛まれ、また吸われた。苦しくなって開いた隙間《すきま》からするりと滑り込んできたものが、上顎をなぞっていく。

「――っ…」

覚えのある感覚に意識がはっきりした。目の前の男にぎょっとする。

「つん、や……っ」

押しのけようと伸ばした手首をまとめて片手で摑《つか》まれ頭上《ずじょう》で拘束《こうそく》された。しぜん浮き上がったうなじに手が添えられ、さらに首を仰《の》け反《ぞ》らされる。

「ふぅ…んっ」

喉の奥の奥まで舌を差し込まれ襲ってくる吐き気に体を震わせるが、次第に震えが質を変え、体の末端まで感覚を伝えていく。

手首を拘束していた恭二の手が肘を滑り、バスローブの手触りを確かめるように襟元をなぞっていたかと思うと、するりと内に滑り込んで胸の突起にたどり着いた。

「んっ」

指の腹で潰《つぶ》されて四肢《しし》が震え、指の間に挟《はさ》まれて背中がしなう。息も絶え絶えになった頃ようやく唇が離され、距離を置いた恭二が見下ろしてきた。

「芳人が悪いんだよ？　誘うのが上手《うま》いから」

荒い息だった。男の官能がにじむ声音に引きずり込まれそうになりながらも、懸命に首を振ろうとする。

「ちが……っ」

「もう、遅いよ」

「ん、っ――…」

首筋に嚙みつくように歯を立てられ、甲高《かんだか》い声を上げた。襟足から顎のラインをたどり、首筋や鎖骨《さこつ》に食《は》むようなキスが落とされる。

その擽るような気持ちよさが、一瞬浮かびあがった意識が喚起した驚愕《きょうがく》や羞恥や禁忌《きんき》といったものを取り去っていった。

「んっ、ぅ…ん」

先ほどの愛撫で緩んだバスローブの合わせをさらに乱すように恭二の鼻先がもぐり込んできて、胸の飾りをぞろりと舐められる。はっと、瞬間背中が大きくしなった。

「また硬くなっているね」

微かに笑いを含んだ声と共に、度重なる行為にすっかり熱く芯《しん》が入ったおれのものを再び恭二に握られる。

「……んっ」

が、硬さを確かめるように数度揉《も》んだかと思うと、その手はするりと奥に滑り込んだ。

「き、恭二っ」

「うん、初めてだよね?」

おれの反応になぜだか嬉しそうに頷いて、指は一度離れていった。

ほっとしたのもつかの間。再び奥に滑り込んできた指は、今度はゆっくり侵入してきたのだ。ぬるりとした感覚になにかが塗《ぬ》り込められているのがわかった。そのせいで易々と侵入を果たす。

「な、に……？」

おれの問いを、恭二が違う意味に取る。

「ただのハンドクリーム。ホテルのアメニティグッズだから心配ないよ」

だが、後孔《こうこう》に入り込んだものは、強烈な不快感をもたらすのだ。

「嫌だ抜いてっ、嫌だっ」

ふつふつと冷や汗が浮かんできて、やみくもに手足をばたつかせる。それによりかえって中に入っている異物《いぶつ》を自覚させられることになってしまう。

「大丈夫、気持ちよくなるから」

「う、嘘《うそ》……だって、ぁんっ、ぃや…っ」

首を振る。涙がぱたぱたとシーツに飛び散った。

「芳人、泣かないで」

「はっん、うぅん……」

「芳人、大丈夫だから」

宥めるような口調が下肢《かし》に落ちてきた。不快感でくったりうなだれたおれのものを、口に含んだのだ。

「――っ」

息をのみ、思わず下を見る。そこに、おれの様子を窺うような恭二の視線を見つけた。切れ長の瞳は欲情の色を湛《たた》えている。

「あ、だめっ…だ」

その目がすぅっと伏せられると、先端を甘く嚙まれ、おれは足を突っ張らせた。

柔らかくぬめった感覚と施《ほどこ》される愛撫に、後ろの不快感が少しだけ紛らわされた。それに気付いたのか、恭二がゆっくり指を動かし始める。

「や、め……ぇ」

先端に口付けられ体をしならせると指を大きく動かされる。それに体を強ばらせると前をきつく吸われた。

「あぁ……んぅ、はっ」

何度も繰り返されると、気持ちが悪いのか良いのかわからなくなってくる。その間に、体が跳ねるほど快感をもたらす場所を見つけた指が、執拗に嬲《なぶ》ってきた。

「あ、あぁ…いや、だ。きょ……ぃ」

たまらず目を閉じると、思い浮かぶのは先ほどの恭二の濡れた瞳。あの目で今自分が見られているのかと思うと、ゾクゾクとしたものが背中を這《は》いずりまわる気がする。

浮かされるように欲望を吐き出そうとした瞬間、ふいに指が抜かれた。

「やっ」

解放を阻まれた苛立《いらだ》たしさに唇を噛みしめ目を開けると、恭二がおれの膝を抱えて腰を押し付けてきた。

「……恭二？」

「力、抜いてね」

低い囁きに不思議と体の力が抜けた。と同時に、猛《たけ》った欲望が押し入ってくる。

「あ…あ…ぁ——っ」

十分にほぐされた場所にゆっくり侵入してきたものは、熱くて、さっきまでとは比べ物にならないほど圧倒的な大きさだった。

「——っ…ぅ」

痛みはなかったが、広げられる苦しさに喉が鳴った。

「芳、人。息を吐いて、力……抜ける？」

なにかをこらえるような恭二の声に、思わず固くつむっていた瞼を開ける。

「芳人」

額にうっすら汗をかいた恭二が真上からおれを覗き込んでいた。今日ずっと見てきた優雅な雰囲気はすっかり消え失《う》せ、猛々しいまでの様変わりに、おれはごくりと喉が鳴った。見つめる瞳の激しさに焼きつくされてしまいそうで、怖くてまた目を閉じる。

そして、おれはなぜその激しさを嬉しいと感じてしまうのか。

「芳人、力を抜いて――」

何度も囁かれる低い声に、浅くなっていた息を必死で整える。しかし、そうして緩んだ空間に、さらに恭二が押し入ってくるのだ。

「…いやだ。も……むりっ」

どこまでも侵入してくる恐怖に、おさまっていた鳥肌がまた戻ってくる。

「うん、入ったよ」

もう気を失うと思ったとき、ようやく下腹が押し付けられ、それを教える。

「ごめん、芳人。気持ちよすぎて、あまりもたない」

言葉通り、それでも最初は気遣うようにゆっくり動き出した。内臓ごと揺り動かされる感覚に冷や汗がにじんだが、先ほど見つけられた快感の場所を先端で抉《えぐ》られるとそれも麻痺した。

「あっあっ……んっあ、は…ぁ」

力強い律動《りつどう》に声が溢れる。

浅く深く穿《うが》たれ、激しく揺さぶられる。

恭二にもみくちゃにされる感覚に不思議な愉悦《ゆえつ》を覚えた。

「芳人――…」

情欲で掠《かす》れた恭二のため息ともつかぬ声に肌があわ立つ。

「あぁっ」

ずんっと深みに落とすようなひときわ重い突きに下肢が痺《しび》れた。

「目を、開けて。オレを見て……」

あまりに深い快感は恐怖を伴うのだと、今日初めて知った。

恐怖のためか生理的なものか、それとも、それ以外の理由のせいか。

涙が、溢れて止まらなかった。

「きょ…じぃ、蕩《とろ》け、る…っん、怖っ……ぃ」

「大丈夫、目を開けて——オレにその目を見せて」

潤《うる》んだ瞳を開けると、恭二が食い入るようにおれを見ていた。

「う、ん…っ」

「芳人、きれい、だ。もっと……見せて」

——なにを？

恭二もおれを見てたまらない気持ちになるのか？

まともに考えることができない頭で、必死に恭二の言葉を追いかける。

「ふ、ぅっ……ん…っ」

——と、恭二の顎から汗が鼻先に落ちてきて、その些細《ささい》な刺激にも体が震えた。そして、唇へと流れてきたそれが特別に与えられた媚薬であるかに思えて無意識に舌を伸ばす。

「……くっ」
頭上で呻《うめ》く音が聞こえて、同時におれを穿つものの質量が増える。動きが激しさを増してお
れは悲鳴を上げた。
「ん——…っ、あ…はぁっ、ぁん」
「芳人、芳人……っ」
荒い息の合間に何度も名前を呼ばれ、それが唯一自分をこの場にとどまらせる呪文《じゅもん》かなにか
のようで必死にしがみつこうとする。が、それを振り解《ほど》くかのごとく、恭二が的確におれのポ
イントを抉ってくるのだっ
「んっ、い…ぃっ、あ……は…っ」
「芳人っ」
「——…っ」
そして、とうとう虚空《こくう》に放り出されたおれは、痙攣して欲望を吐き出した。

次に目を覚ましたら、もう朝だった。隣には穏やかな寝息を立てて眠っている恭二がいて、
当然のようにおれの体を抱き込んでいる。

「気絶、したのか……」

静かに上下する裸の胸に額を押しつけたまま、ふがいない思いで独《ひと》りごちた。生々しい肌の接触に、昨夜の出来事が夢だったのだと自分をだまくらかすことはとうていできなかった。

酔っ払うと人肌が恋しくなる傾向があって、自分でも気をつけてはいたのだ。なのに、いつもだったらばりばりに張り巡らせている予防壁は、昨夜はちっとも役に立たなかった。役に立たないどころか思い返してみると、自《みず》ら内に招き入れたフシさえある。

それが女性ならまだいい。けれど、相手は男だ。しかも、幼なじみでもあるおれの唯一の親友で――。

「……っ」

――大失態《だいしったい》だ。

しでかしたことの大きさに、頭を抱え込みたかった。

酒癖《さけぐせ》が悪いと思ったことはなかったのに、昨夜の出来事はまさしく酔っ払って痴態《ちたい》を演じた以外のなにものでもない。

けれど、酒のせいだけか――?

自己嫌悪《じこけんお》にため息をつきながら、そっと自分の内側を覗き込む。

確かに、酔って理性のタガが緩んだ感があったのも否《いな》めないが、それ以上に昨夜の、恭二が与えてくれたあの優しい空気に甘えすぎてしまった結果のように思えるのだ。拒絶されない腕に、身を委《ゆだ》ねてしまいたかったのか。

そして、優しい恭二のことだ。おれに付き合ってくれているうちに、つい興奮してしまったのだろう。おれも男だから、その衝動はわかる気がする。

なのにおれは、最中確かに恭二の熱が嬉しいと感じた瞬間があったのを覚えている。親友に欲情してしまった自分が信じられず、また情けなくて厭《いと》わしかった。

もう一度深いため息をついて、おれはそっと体を起こした。

恭二と合わせる顔がない……。

逃げ出すことを決めて、身支度《みじたく》を整えた。その間、恭二が目を覚ましたらとヒヤヒヤしていたが、おれの心配をよそに恭二は瞼をぴくりともさせなかった。

そういえば、昔の恭二もおれが朝迎えに行くぎりぎりまで寝ていたことを思い出す。

朝が弱いのは変わらないんだなと、思わず口元が緩んだ。が、その笑みも次第に力をなくしていく。代わって胸いっぱいに広がるのは苦々しい思いだ。

昨夜取り戻したと思ったおれにとっては唯一無二の友情を、自分の手で断ち切ってしまった。

もう、会えないなんて……。

「恭二――…」

シーツに埋もれる男は、どこまでも穏やかで、柔らかい笑みまで口の端に漂わせていた。

寝ていても、恭二はおれの心を揺さぶる。

思いを振り切るようにはっと短く息をつき、おれは踵《きびす》を返した。

休憩《きゅうけい》コーナーで栄養ドリンクを飲んでいると、昼休みを終えて戻ってきた同僚達が次々と声をかけていく。

「体壊《こわ》すなよ」

「お疲れだな、工藤」

牛乳やチーズといった乳製品の新しいブランドを設立する、という大掛かりなプロジェクトの発案者でもあるおれは、各部署からえり抜きで集められたプロジェクトチームのチーフでもあるため、ここしばらく昼食も外へ食べに行けないほど仕事が山積みになっていた。

仕事の一部を手の空いた同僚に手伝ってもらうこともできたが、完璧《かんぺき》主義の気《け》があるおれとしては、どうしても人任せにはできなかったのである。もっとも、プロジェクトは追い込みに入っているので、他のメンバーも同じような状態ではあったが。

しかし、加えておれはプロジェクト遂行《すいこう》のために欠かせない出張のため、週の二日は時間をとられてしまう。しぜんしわ寄せはオフの時間にくるのである。

出張――そう、なにより心労が重なっていることが、思うように仕事がさばけない原因だと自分でもわかっていた。

あの夜から、三週間。その間に二回の出張をこなしている。もちろん往復の飛行機では『お見合いシート』に座れるわけがなかったが、違う席にいても、機内に恭二がいるかもしれないと思うだけでガチガチに体が緊張してしまう。

けれど考えてみれば、おれがお見合いシートに座って親交を深めた幾人かのキャビンアテンダントでさえ、再び機内で出会ったことはないのだ。

彼女達の話では、シフト制で毎日違う空を飛んでいるらしい。

だから、あいつと同じ飛行機に乗ることも滅多《めった》にないはずなのだ。こんなにビクビクすることもあるまいに。

降機していつも苦い笑いが浮かんだ。

こんなことじゃいけない、と。忙《いそが》しい合間をぬって、恭二と過ごした悔《く》やまれてならないあの夜を忘れようと女の子とデートもした。

けれど、いつもならそこそこ楽しめるデートになるはずが——会話は上滑りで少しも盛り上がらず、そのせいで気を遣《つか》ってへとへとに疲れ、セックスにいたっては勃《た》たないときた。これにはショックで、怒った彼女が帰ったあとのベッドでいつまでも起き上がることができなかった。

疲れていたからか？

それとも、一度男と寝てしまったら女には反応しない体になるのか？

眠ることなんてとてもできなくて、天井《てんじょう》を見つめながらそんなバカなことをずっと考えていた。無意識下にひとつだけ、恭二のことだけはあえて考えないよう避《さ》けながら。

なのに、そんなおれを嘲笑《あざわら》うかのように、ようやく眠れた朝方近く、夢を見たのだ。

『芳人……』

低く、それだけで媚薬のように体を熱くさせる独特の言い方で、恭二の声が囁いた。ぎょっとして目を開けると、女の子にはまったく役に立たなかったものを、恭二の手が包んでいる。ごつごつと骨ばった男らしい手、だ。

『芳人、芳人』

ただ名前を口にしているだけのその声が甘く耳に響くのは、夢の中であるからだろうか？

そして、おれはその手に瞬く間に達せられてしまったのだった。目を覚ますと、下着を汚していたというオチまでついてきた。

おれは、いったいどうしてしまったんだろう？

自分自身のことがわからなくて途方にくれる。朝から、ため息の嵐だった。

気分転換のつもりだったデートで逆に気分が鬱屈《うっくつ》してしまった。散々な結果だ。

そして、明日また出張がやってくる。

「はぁ……」

どっと重さを増したような肩を片手で揉みほぐし、おれは午後の仕事に取り掛かった。

出張の二日目、帯広での仕事も終わらせて東京へ戻る飛行機の中でのことだった。

「あの、その席は――……」

不審《ふしん》そうな顔で見上げてくるビジネスマンに、もう一度窓の上についている座席番号を確認した。が、間違いない。

「失礼ですが、そこは私の席だと思うのですが」

自分が座るはずだったシートに、すでに人が座っていたのだ。おれの言葉に眉を上げたその人は、スーツのポケットから座席券を取り出して目の前に差し出してきた。

「えっ」

その券に印刷されてあった座席番号は、おれが座るはずだった座席とまったく同じだった。

ということは、ダブルブッキングってやつかっ。

おれは慌ててポケットに入れたはずの半券を探す。

「どうかなさいましたか?」

周りを見るとすでに乗客は着席していて、キャビンアテンダントの一人が心配げに声をかけてきた。窓の外は景色が動いている。もう飛行機は動き出しているのだ。

まずいな……。

「いえ、私の席もここだったと思うのですが」

やっと見つけた座席券をキャビンアテンダントに渡すと、彼女はそれを見てにっこり笑った。

「お客さまの席は、後ろの非常口付近でございますよ。ご案内いたします」

「え、そんなっ」

慌ててキャビンアテンダントから券を取り戻して確認すると、いつもおれが座っていたお見合いシートの座席番号が印刷されていた。

嘘だ。乗る前に見たときは確かにっ。

「お客さま？」

当惑《とうわく》した表情のキャビンアテンダントに、なかば押されるように連れていかれたその座席の前には。

「あとは私が」

上品なバリトンで、頬を赤くしたキャビンアテンダントを下がらせたのは、あの男だった。

「恭二——…」

呆然《ぼうぜん》としたまま動けないおれを見て、他の誰にもまねできない極上の笑みを浮かべる。

「シートベルト、締めてね」

おれに覆《おお》いかぶさるように耳元に唇を寄せて囁く。ふわり、と覚えのあるコロンが香り、吐

息が耳朶に触れてひくりと体が震えた。

「この前は、オレを置いて帰ったね」

「……っ」

大きな手が放り出してあったシートベルトを腰の低い位置でかちりと締めてくれる。その指は、おれの体に少しも触れていないのに、なぜおれは体の奥からわき上がってくるような震えを止められないのか。

「だめだよ？　オレはまだ仕事中なんだ。そんなクルような顔、しないでくれる？」

さっきまでの上品な微笑みは淫蕩《いんとう》なそれに質を変え、卒倒寸前《そっとうすんぜん》だったおれを打ちのめした。

恭二は涙ぐんでぐったりしたおれを見て満足そうに笑うと、自分も席についてシートベルトを締める。

「な、んでこの席に……」

ようやく息を整え、心を落ち着かせることができたのは、機体が滑走路を走り出してからだった。

「違う席に座ろうだなんて、ダメだからね」

「どうして知って――」

「それから、オレのフライト以外はここに座るのは禁止」

恭二が悪戯《いたずら》っぽく目を細めて首を傾げる。おれは胸がどきりとした。

「恭、二？」

そして、ふと思い出す。搭乗するとき改札でチャイムが鳴って係員に止められ、券を差し替えられたことを。

たいして時間がかからなかったから気にもとめなかったが、もしかしてあの時にこの座席の券にすり替えられたのかもしれない。

「帯広空港には友人がいてね。ちょっとしたお願い事だったら聞いてくれるんだ」

やはりそうか……。

返す言葉もなくシートに懐いたままのおれを見て、恭二が片眉を上げる。

「——あれ？　オレがこの飛行機に乗務することを知って、違う席を取ったわけじゃなかったんだ？」

まさかっ。

その言葉に首を振る。

「なんだ、ちょっと心配したんだ。さっき空港を探したけど芳人を見つけられなかったし、避けられたのかなって」

安堵したように恭二が大きく息をつくから、おれは顔をしかめた。

おれを探した？

どうしてそんなことを言うのか。まるでおれと恭二の間には、前と変わらない友情が横たわっているみたいじゃないか。あの夜、おれがぶっちぎったはずなのに。

「恭……」

もしかして優しい恭二のことだから、あの夜のことはなにもなかったこととしてあえて普通にしゃべってくれているのか？

それとも――。

おれはそっと顔を上げる。

それとも本当に、おれに会いたいと思ってくれたのか。

あの夜、あんなことがあったからこそ。

胸の鼓動《こどう》が速くなる。

再会したあの夜、まるで口説いているのかと思わせるような言葉を何度も口にした恭二。そして今もこうして独占欲を匂わせるようなことを言う。

恭二はもしかしておれのこと――？

うっわ……。

瞬間、駆け足になっていた鼓動がひときわ大きく脈打った。

どっと、心の底から泣きたいような気持ちがわき上がってきた。それは嬉しいという感情にすごく似ていた。

男同士なのに、親友のはずなのに、どうして恭二のそんな気持ちにおれはドキドキしてしまんだ……。

「……っ」

けれど緩みかけた唇を、おれはすぐに引き結んだ。

「芳人？」

子供の頃、恭二から放たれた言葉にひどく傷ついた記憶がもたらす、漠然《ばくぜん》とした不安がそんな歓喜する心にブレーキをかけてしまった。

疑惑《ぎわく》は晴れたはずなのに、ショックを受けたときの苦痛があまりに大きかったからか、古傷がしこりのように心の底に凝《こご》っているのを感じた。いつか、またあの時のような拒絶の言葉を言われるかもしれないという恐怖感が、強迫観念《きょうはくかんねん》のようについてまわる。

恭二の気持ちが嬉しい。けれど信じたとたんに裏切られてしまうのではないか。

相反する感情が心を引き裂くようでひどく胸が苦しかった。

「芳人、もしかして体調悪い？」

眉を寄せて黙り込むおれを、誤解したのか恭二が覗き込んでくる。

「なんだか少し痩《や》せたし。顔色、悪いよ？　毛布を持ってこようか？」

恭二がシートベルトを外し始めた。

「いいよ、大丈夫」

ここしばらくの忙しさのせいで確かに体調は万全ではなく、そのせいか機内の冷房がきついとは思っていた。が、我慢できないほどではなかったので大げさだと断るおれに。

「今日はね、チーズが美味しい店に連れていきたいんだ。好きだったよね？　チーズ。だから風邪《かぜ》なんかひかせられない」

気にしないよう、気遣ってくれる。昔と変わらない恭二のその温かい気遣いに、なぜか心がわし摑みにされたような痛みを感じて泣きたくなった。

「それに、この前オレを置いて帰った罰《ばつ》も受けてもらわないとね」

恭二はふわりと微笑んで腕を伸ばし、おれの顎から頬にかけてのラインを人差し指でなぞって通りすぎていく。

笑みは柔らかく上品なのに、その指だけは淫猥《いんわい》で、おれに熱を移していった。


「じゃ、帯広出張行ってきます」

ボードに出張の文字を書き入れると、アタッシェケースを手に歩き出した。

「工藤、帰ったらビアガーデンだ」

背中に、さっきまで疲れきって生きる屍《しかばね》と化していた同僚の声がかかる。

今ビールなんて飲んだら皆ひっくり返るんじゃないのか。

おれは苦笑して片手で了承の合図をつくると、エレベーターへと向かった。

新ブランド商品の発売まで、二週間と迫《せま》ってきた。先日、商品のお披露目会も無事終了して、あとは発売までのラストスパートだ。おれにとって初めて企画したプロジェクトでもあるので、ここが正念場《しょうねんば》と連日夜中まで残業して頑張《がんば》っている。しかし、発売は目前《もくぜん》に迫っているというのに、パッケージの印刷ミスやらなにやらと小さな問題点が次々と発生して、その処理にプロジェクトチーム内もおおわらわだ。しまいには、内部で責任のなすり合いまで始まってしまい、睡眠不足気味の体に過重《かじゅう》なストレスはさすがに堪《こた》えた。

プライベートのことでも胃が痛いっていうのに……。

「怒っているだろうな、恭二……」

人のいないエレベーターの中で、おれは壁に凭《もた》れて胃の辺りをさする。

先週、出張の飛行機内で恭二と再び出会ったあの日。飛行機から降りたら待っていてと恭二に言われたが、おれはそのまま電車に飛び乗って帰ってしまった。

恭二と二人っきりになるのがとても怖かったのだ。

恭二のふとした言葉やしぐさに振り回され、自分の感情なのにコントロールができない。そんな自分がひどく心細くて、一刻も早く一人になりたかった。

そして恭二が寄せてくれる好意を嬉しいと思ってしまうこともおれを恐慌状態に陥らせた。

それが親友という範囲を超えているような気がしたからだ。

あの夜あんなことがあったからこそ、再びおれに甘く笑いかけてきた恭二を、嫌悪《けんお》するどころか嬉しいと感じてしまったあの瞬間が忘れられない。その後に襲ってきた、恭二を受け入れることに対する恐怖も同じく――。

恭二とあのまま一緒に時を過ごしたら、そんな相反する感情に心が引き裂かれてしまうような気がした。

だから逃げた。

「つ、ぅ……っ」

ぎらぎらと照りつける日差しに、思考もとうとう音《ね》を上げた。

暦《こよみ》の上ではもう秋に入ったというのに、これからが本番となる今年一番の台風が通りすぎた今日は、秋の気配などみじんも感じることができない見事な晴天だ。日差しの下に立っていると、三秒も経たないうちに溶けてしまいそうになる。

おれは日陰を選びながらふらふらと駅までたどり着き、ようやく屋根の下に入るが、その瞬間すぅっと視界が暗くなった。

まずい、貧血か。

体力が限界に来ているのかもしれない。

最近食事の代わりにもなっている栄養ドリンクを売店で買い込み、電車のホームへと上がった。半分ほど一気に流し込んで一息つく。

いろいろと問題が多発しているプロジェクトではあるが、今回の出張を終えると一段落つくのだ。帯広工場への生産指令書が、今おれのアタッシェケースに入っている。この一枚ができ上がるのに、どれだけ苦労して時間がかかったことか。が、それもこれで終わり。明日の朝一番で帯広の工場へ届ければ、ようやく発売にこぎつけられる。

もうひとふんばりだ。

「あれ」

疲労した体を奮《ふる》い立たせてたどり着いた空港で、ロビーに溢れかえっている人だかりに目を瞠る。

「な、に?」

ふとカウンターの上にある電光表示板に目をとめてぎょっとした。

「えぇっ、欠航?」

自分が乗るはずだった帯広行きの最終便が欠航しているのだ。それだけでなく、北海道行きのほとんどが、欠航の赤い文字で表示されている。

「……なんで」

呆然と立ちつくすおれの耳に聞こえてきたアナウンスで、昨日東京を通りすぎていった台風が、北海道《ほっかいどう》に上陸して猛威《もうい》を振るっているからだとわかった。

しかし——。

「よりによってなんで今日なのかな」

力が抜けてその場にしゃがみ込む。

この指令書が工場に届かないことには、機械を動かせないのだ。しかも、作成にかなり手間取ったせいでタイムリミットぎりぎり。明日の朝に機械を稼働させないと、発売には間に合わないだろう。

カウンター前はすごい喧騒《けんそう》となっている。その先頭に立って手続きをしなければいけないのに、ショックが強すぎてなかなか立ち上がれなかった。

それでも、同じように隣に座り込んでいたおばさん達から、詳《くわ》しい情報を得ることはできた。北海道へ向かう便で、今欠航していないのは千歳《ちとせ》行きの最終便だけだが、これも天候調査中というだけで欠航も時間の問題だということ。ちゃんと飛んだとしても、すでに団体客で満席になっていて空席待ちも受け付けられないとのこと。さらには、明日の昼すぎの便まで北海道行きのほとんどが満席だというのだ。

「絶望的じゃないか」

聞けば聞くほど、目の前が真っ暗になっていった。

一向に減らなかった人だかりが、諦めムードで一人また一人とカウンターを離れていく。

きりきりと痛む胃の辺りを押さえながら、おれもこのままじゃいけないと顔を上げる。

新商品の発売まで——いや、プロジェクト完遂《かんすい》まであと少しなのだ。このまま終わらせてなるものかと体を奮い起こす。

なにか方法があるはずだ、必ず。

今、おれが持っている生産指令書は、パスワードとバーコード表示のもので、これを工場のコンピュータに入力して機械を動かすことになる。盗難防止用の特殊印刷がなされているので、ファックスも使えない。

どうしても、おれが明朝九時の生産開始時間までに持っていかなければならない。

明日の一番早い帯広行きは遅い時間の出発なので問題外だ。ならば満席だという明朝一番の千歳行きになんとか乗れないか？　北海道まで行ければ、陸路で帯広まで移動できる。

同じように考えているのか、空港で夜明かしを決めたらしいロビーのいたるところに座り込んでいる人々を、暗澹《あんたん》とした思いで見渡す。

けれど、明朝の千歳行きに乗れたとしても、帯広の工場まで陸路で移動して、果たして九時までに着けるのかどうか。

ため息をつきかけて、そこでようやく会社のことを思い出し慌てて携帯電話を取り出す。欠航のことを告《つ》げると、案《あん》の定《じょう》悲鳴を上げられてしまった。

『なにか手段はないのか？　夜行バスとか、あるだろう』

チームを統括する上司の言葉に、その手があったかと少しだけ立つ足にも力が入る。

『とにかく、こちらもいろいろと調べてみるから』

通話を切って、とりあえず最新情報を聞いておこうかとカウンターへ足を向けたときだ。

「――芳人？」

背後《はいご》から、名前を呼ばれて立ち止まる。

喧騒の中でもよく通るこの声――。

「恭二……」

振り返ったそこに、制服姿の恭二が立っていた。恭二の姿を確認したとたん、なぜだか張りつめていた気がふぅっと緩んで、足がふらつく。

「芳人っ」

恭二らしくない慌てた声に我に返り、支えられた体をなんとか立て直す。

「芳人、こっちに」

なかば抱えられるようにロビーの端にあるソファへと連れていかれた。冷や汗が、額ににじんでくるのが気持ち悪かった。

「ごめん、ちょっと疲れてて」

油断すると目頭まで熱くなりそうで、ぐっとつばを飲み込む。

「そうみたいだね。顔色、真っ青だよ。今から帯広行きだったんだね？」

「そう。でも欠航してしまったから夜行バスかなにか、乗ろうかと思って――」

「芳人。北海道行きの夜行バスはないんだよ」

最後通告に、唇を噛みしめる。

「……芳人。ね、今日はやめたほうがいいよ。どちらにしろ陸路はもう時間的になにもないし」

「でもっ、明日の朝までに工場に着かなきゃ、今までやってきたことが台無しになってしまうんだ……」

最後、力なく語尾《ごび》を震わせたおれを、恭二は眉根を寄せてじっと見ていたが。

「わかった。ちょっと待ってて」

そう言うと、おれをソファに寄りかからせて足早に歩き去っていく。何気なく体を支えていた恭二の手が、心まで支えてくれていたことを、その手が離れて初めて気付いた。

そして、先週のことをふと思い出した。ここ羽田空港で待ち合わせをしたのに、すっぽかしておれ一人帰ってしまったことを。

さっきはそれどころじゃなかったが、今になってバツの悪い思いがわき上がってくる。

謝《あやま》らなきゃな……。

心細い気持ちで無意識に制服姿の背中を人ごみの中に探していたおれは、携帯電話の着信音で我に返り顔を赤らめた。

「もしもし――」

苦りきった上司の声が聞こえてきた。

夜行バスはやはり運行がないという。時間的に電車もなく、さっきおれが考えていた千歳空港経由の陸路移動は、明朝一番の千歳便では間に合わないらしい。なんとか今日の飛行機で北海道入りができないかという言葉だ。

だから、その飛行機がダメだから困っているんじゃないか。

双方で黙り込む。

なにか、方法はないか。

そして、ふと思いついたことがあった。

「あの、車で行けないでしょうか」

口に乗せたおれの言葉に、上司は一拍遅れてあきれた声を返してきた。

『なにを言っているんだ。北海道まで何時間かかると思っている』

「でも、これから出発して夜通し飛ばせば間に合いませんか？」

考えれば考えるほど他に方法がないように思えた。

そうだ。このまま失敗するのを待つぐらいなら、できる限りのことはやって終わりたい。

そう考えると、少しだけだが力がわいてくる。

こんな時にふらふらしてなんかいられない。おれがしっかりしなければ。

「芳人」

いつの間にか戻ってきていた恭二が、いったん電話を切れとジェスチャーで話しかけてくる。

上司に折り返し電話をする旨《むね》を伝えて通話を終わらせると、おれはあたふたとアタッシェケースを摑んだ。

「ごめん、恭二。行かなきゃ」

「行くって?」

「うん、ちょっとレンタカーを借りてこなきゃならなくて——」

おれの言葉に、恭二の視線が険《けわ》しくなる。

「なに言ってるの?」

硬い口調に、恭二が怒っているのがわかったが。

「恭二?」

「真っ白な顔色をして、レンタカーだって? まさか北海道まで車で行くなんてバカなことは言わないよね」

言葉と共に摑まれた腕が痛かった。恭二のいつもは穏やかな瞳が、燃えるようにぎらぎらとおれを見据えてくる。

おれだって、無茶だとは思うよ。こんな体調で夜通し運転なんて正気《しょうき》の沙汰《さた》じゃないって。

でももしかしたら間に合うかもしれない。

おれがやることで少しでも可能性が残っているのなら——。

「諦めたくないんだ」

強い口調で答えると、無言で睨みつけていた恭二が大きくため息をついておれから腕を離した。

「……本当、芳人って少しも変わってないんだね。わかったよ」

「恭二？」

「芳人、航空券出してもらえるかな」

手を差し出す恭二は、いつも通りの穏やかな表情に戻っていたが、その脈絡《みゃくらく》のない言葉に戸惑う。

「え？」

「あと二時間後に千歳行きの臨時便が飛ぶんだ」

「ええっ」

「しっ、まだしばらく発表できないから静かにね」

恭二はちらりと周りを窺う。

そして、おれからチケットを受け取ると、ざっと見回してから頷いた。

「大丈夫、このチケットで乗れるから」

「でも、それ帯広行きなのに？」

「うん、こんな時は特別なんだ」

恭二の言葉に頷きかける。が。チケットは使えても便はすぐ満席になるんじゃないのか。今からあの長蛇《ちょうだ》の列に並んで、果たして乗れるのか。

慌てて立ち上がろうとするおれの肩を、恭二が押し止《とど》めた。

「芳人、大丈夫。オレに任せてみて」

安心してと顔を覗き込む恭二の優しい笑顔に、ずっと我慢していた涙がこぼれ落ちる。

「ご、ごめんっ」

慌てて手のひらでぬぐうが、涙は次から次に溢れ出てきて止まらなかった。

「芳人の一人で頑張ってしまうところは健在だと思っていたら、泣き虫なところも変わってないんだ」

目の前に差し出されたハンカチを受け取って目頭に押し当てる。

「ん、なのっ……」

「はいはい、泣き止んでからしゃべろうね。まったく、こんな時でなきゃ連れて帰るのに」

まるで子供をあしらうかのような言い草にちょっとむっとして睨むが。

「あーもう、そんな可愛い顔しないの」

恭二は苦笑して取り合わなかった。ようやく涙が止まったのを見届けて、恭二がおれの背中を撫でるように優しく触れた。

「ホテルと列車の手配もやってくるからちょっと時間がかかると思うけど、芳人はここでゆっくり休んでて」

頼もしい声に、おれはただただ頷くだけだった。

「こんにちは、工藤さま。珍しいですね、土曜日のお帰りとは。お席はいつものところでよろしいでしょうか?」

帯広空港の顔なじみの係員に目を丸くされ、おれは苦笑しながら頷いた。普段のなんでもないやりとりにほっと息がもれてしまうのは、おとといの欠航騒ぎがあったからだ。

あれから、恭二のおかげで無事タイムリミットである昨日の朝には帯広に到着することができた。失敗に終わるかと一時は覚悟したプロジェクトも、現在続行中だ。おかげで、予定通り二週間後には商品を店頭に並べることができるだろう。

当のおれはというと、極度の疲労でとうとう本格的に体調を崩してしまい、病院で点滴を打つという情けない体験をしてしまった。そのため、帰京も一日延び、こうして土曜日に機上の人となっているのである。

が、ここ一番という大仕事を終えたうえに、滅多にない休日の昼間に飛行機を使うというシチュエーションが、まるでオフで旅に出るような明るい気分にさせてくれていた。

いつもはほっとする整備士達の手を振る儀式も、逆に気持ちを昂《たか》ぶらせるものに見えてくるから不思議だ。

おととい、もし恭二に会えていなかったら——そう考えると今でもぞっとする。

恭二が再びおれのいるソファに戻ってきたときには、案内があったとたん満席になっていた臨時便の手続きはもちろんのこと、ホテルの予約や帯広行きの列車の手配まですべて済ませてくれていた。顔色が悪いからと搭乗案内が始まるまで救護室で休ませてもらい、レストランで特別に作ってもらったというお粥《かゆ》まで運んできてくれたのだ。

なにからなにまですべて任せっきりで、おれはただぼんやりしていただけ。お礼もろくに言えなかった。

だから改めて恭二にきちんとお礼を言いたいと、今こうしてお見合いシートに座ってみたが、この飛行機に男性乗務員は乗り合わせていないようだった。

何度も偶然が重なるわけないか……。

おれは小さく苦笑して、空いたままの前のシートを見やる。トラブルでも起きていたのか、飛行機が滑走路に入る間際でようやくキャビンアテンダントが前のシートに着席したが。

「あら……」

そのキャビンアテンダントの顔に見覚えがあって眉を上げると、彼女の方でも小さく声を上げていた。

どこで会ったかな……。

「石川さんのお友達の方でいらっしゃいますよね？」

そう彼女の方から声をかけられてようやく思い出す。恭二と初めて会った日にモノレール乗り場で声をかけてきた恭二の同僚の一人。おれに含みのある流し目を送ってくれた彼女だ。

「お仕事ですか？」

にこにこと話しかけられておれも返事を返すうち、おれが恭二の少年時代の親友だと知った彼女はとたん気安くなったのか、共通の話題である恭二の話でひとしきり盛り上がった。上空で仕事を終えた彼女が再び前のシートについたときには、それとなく食事のお誘いがかけられたほど。

けれど、なんとなく気が進まなかったおれは慎重《しんちょう》に言葉を選んでしまう。きれいな女性だったが、おれの気持ちは少しも動かなかったからだ。

「なんでしたら石川さんもご一緒なんて、いかがですか？」

そんな気持ちの揺れを読み取ったみたいに、彼女はさらに言葉を重ねてくる。

「それは……」

いや――。

一瞬のちに思い直す。

恭二に礼は言いたいが、二人っきりになるのは怖い。そんな今のおれにとって、女性も交えて恭二と会うというのは好都合かもしれない。

身勝手なことを考えたときだ。

「でも——彼、最近恋人ができたみたいだからダメかしら」

ガツンと上から重いものが落ちてきた気がした。

「え——…」

「ご存知ないですか？　昨日も友人がのろけられて、しょげ返っていましたわ」

恋、人——？

頭の芯がさぁっと冷えていくのを、自分でもはっきりと感じた。

「まさかっ」

おれは信じられない思いで口にする。語調がかなりきつくなった。

が、ウソじゃないですよ、と彼女もいくぶんムキになって言い募《つの》ってくる。

「つい昨日のことなんですが、これからデートだからって友人はフラレちゃったそうです。可愛い恋人なんだって、あの石川さんがデレデレだったそうですよ？　飛行機の時間を気にしてらしたから、航空関係の方じゃないかって私達は見ているんですけど」

彼女の言葉のひとつひとつが、胸を抉るように突き刺さってくる。

息が、できない。

「工藤さま？　顔色が……」

飛行機が着陸してシートベルトを外した彼女が身を乗り出してくる。しかし、おれは物も言えずに痛む胸を押さえていた。

　恋人——？

　そんなまさか。だって、だってあいつはおれのことをっ。

　心配げに声をかけられるのも上《うわ》の空《そら》に、おれはふらふらと飛行機を降りた。

　到着便が重なっているのだろう。到着ロビーはかなり混雑していた。その中を人波に押されるように歩いていく。

　今聞いたことが信じられず、いや信じたくなくて、恋人説はなにかの間違いじゃないかと自分なりに考えを二転三転させる。が、そのすべてが途中で空回《からまわ》りして、安心させる材料などひとつも出てこなかった。

　けれど、おれはなぜこうも必死に恭二の恋人説を否定したがるのか。

　その時、目の前に信じられない影が見え、おれはそれとはっきり認識する前に声が出ていた。

「恭二っ」

　おれの声に、制服の後ろ姿が振り向く。

「……恭二」

「芳人？　今、帯広から帰ってきたの？」

　驚いたように目を瞬かせる恭二はおれに向き直ろうとしたが、はっと思い出したように自分の手に持っている紺色の手帳に目をとめて小さく眉をひそめる。そして、誰かを探すように、人の波を見渡した。

「あ、忙しいのか……」

恭二の表情に苛立った様子を見つけてしまい、おれは自分の心が萎縮《いしゅく》していくのを感じた。

「うん、ごめん。芳人、ちょっとここで待っててくれる？」

そう言い置くと、おれが返事をする前に駆け出していく。

急いでいるのか、それともおれと話をしたくなかったのか。

あまりにそっけない恭二に、横っ面を張られたようなショックを受けていた。

呆然とするおれの視線の先で、ひと時だけ人波が割れた。と、そこに笑顔で女性と話をしている恭二が見え、唇がわななく。

恋人の話は、本当のことなのだ。

「……っ」

おれは足を縺《もつ》れさせながら、その場から逃げ出したのだった。


ポーン……。

飛行機の急激な上昇の気配が緩みほっと息をつくと、そのタイミングでシートベルト着用のサインが消える。

東京へ戻る飛行機の中で、おれは感慨深い思いでシートに凭れていた。

あとひと月もしないうちにプロジェクトは一応の終局を迎える。プロジェクトチームの解散はすでに決まっているので、おれも通常業務に戻ることとなるだろう。

「この風景も、最後かな……」

窓から見える景色にふっと口元が緩んだ。

外はすっかり日が暮れたあとで、空と海の境目がわからないほど一面群青色《ぐんじょういろ》に染め上げられていた。その中で、船の明かりだけがぽつぽつと模様のように白っぽく浮かんでいる。

その小さな明かりをぼんやり見つめていると、飲み物サービスのカートが回ってきた。二人体制でサーブしているキャビンアテンダントの一人は、背の高い男性乗務員だ。しかし、もちろんそれは恭二ではなかった。

飛行機に乗って、その男性乗務員を見つけたのはかなり早い時間だった。一瞬ぎくりとしたが、すぐに恭二とは別人であることに気付く。けれど、似た背格好が心臓に悪くてなるべく見ないようにするのだが、無意識のうちに目が制服を追っていて、その背中に恭二の面影を探してしまうのだ。

「飲み物は何になさいますか？」

今も、こうして声をかけられると恭二のことを思い出し、胸が締め付けられるみたいで切なかった。

なんでこんなになるまで気付かなかったのかな、おれって……。

眉をひそめながら、飲み物はいらないと小さく返事をして目を閉じる。

恭二のことが、好きだってこと。

初めて再会したときから、いや、もっとずっと昔——恭二と親友でいた中学の頃から、おれはもしかしたら恭二が好きだったのかもしれない。

親友というにはあまりにも強い感情があの頃からいつもつきまとっていた。初めてできた親友だから、と当時は思っていたけれど本当は違ったのだ。

恭二をいつも独占したいと思っていた。

おれだけに笑いかけて欲しいと願っていた。

そんな心を焦《こ》がすような思いは恋愛感情によるものだったのだ。

なのに——。

「……っ」

とたんせり上がってきた熱いものを、おれは必死で飲み込む。

ようやく思いを自覚しても、もう遅い。

恭二には新しい恋人ができていた。一時は傍に寄り添っていた恭二の気持ちも、今はすっかりおれから離れてしまっていた。

あの時もあの時も、なぜおれは逃げてしまったのか。

いまさら悔やんでも仕方ないのに、思わずにはいられなかった。

わけのわからない、激しいともいえる感情の揺れが怖くてつい逃げてしまった日のことを。

そして、その次も同じく――。

何回も背中を向けていたら望みなしと思われるのも当たり前なのに、おれは次も追いかけてくれると思っていたのか。

けれど怖かったのだ。昔の、恭二に放たれた言葉でひどく傷ついた記憶が、おれを縛《しば》り付けていた。恭二の言葉や態度を嬉しいと感じながらも、その痛みや記憶がトラウマとなって、恭二の手を取るのを躊躇《ちゅうちょ》させた。

もしかしたら、好きだという思いさえも目隠しされていたのかもしれない。

いまさら気付いても、もう遅いのに……。

恭二を追いかけようにも、おれはあいつの携帯のナンバーも知らなかったのだ。

プライベートなことなどなにひとつ知らないくせに、おれは親友気取りでいたなんて。

震える吐息を、そっと音にならないよう吐き出した。

もう、遅いのだ。

到着のアナウンスが聞こえ、硬くなっていた体をゆっくり伸ばす。

「もう大丈夫ですか?」

そこへ声をかけてきたのは、あの背の高い男性乗務員だ。

「えぇ、毛布をありがとうございました」

まったく似ていないというのに、同じ制服を着ているだけで恭二を連想してしまう。神経衰弱に陥ってしまいそうで、飲み物ももらわずひたすら目をつむっていた。しかしそんなおれがよほど具合が悪そうに見えたのか、逆にその男性乗務員から声をかけられてしまった。しかも、大丈夫だと何度返事をしても、やれ毛布やら薬やらと次々に届けてくるのだ。毛布にいたっては二枚もある。

おれは苦笑しながら、その二枚の毛布を乗務員に返して、降機する人の列に並んだ。

「お客さま」

そんなおれをさっきの男性乗務員が呼び止めた。

「お忘れ物ですよ」

手渡されたのは、機内サービスで使用するコースター。

「え?」

「気をつけてお帰り下さい」

にっこり笑ったその顔に、含むものを感じてコースターを裏返す。

そういうことか……。

名前と携帯電話のナンバーが記《しる》されていた。

がっくりと肩を落とし、ふらふらとロビーへ歩き出す。

やけに親切にしてくれると思ったらそういうことだったのだ。昔からそんなに珍しいことではなかったが、今のおれにはちょっと堪えた。

男性乗務員を違う意味で変に意識していたから、同志だと思われたのかもしれない。けれど、おれは恭二だからこそ好きになったのであって、もともと男にはなんの興味ももてないのだ。確かに、今は女にも気持ちは動かないが。

こんなもの——っ。

到着ロビーの端にゴミ箱を見つけて人波から外れる。

「なに、それ」

突然、頭上から降ってきた声にびくりとした。するりと手からコースターが取り上げられ、それを追うように視線を上げる。

「……恭、二？」

形のいい眉を心持ち寄せて、不機嫌《ふきげん》そうな顔をした恭二が立っていた。ひらりとコースターを裏返して、眉間《みけん》のしわを深くする。

「まったくあの人は――…」

手にしていたそれをばりっと真っ二つに破る。

「あ」

「なに？　要《い》らないよね、こんなの」

有無《うむ》を言わせない口調にただただ頷いた。そんなおれに、恭二は満足そうににっこり笑った。

「じゃ、行こうか」

背中を押されて歩き出したおれだけど、いまだ目の前にいるのが本当の恭二なのか信じられないでいた。ずっと、恭二のことばかり考えていたから、幻《まぼろし》でも見ているのかと思う。

そして、もう遅いと思っていたのに、この恭二の親しげな態度はなんなのか。

「芳人、仕事がきついの？」

心配そうな声が降ってきて顔を上げる。

「また、痩せた？」

「いや、少し――」

「イタリアンなんて、無理かな？　メニューはいろいろあると思うけど」

「ん……、今は食べたくない」

「わかった。わがままを言える和食の店があるからそこでいい？」

「うん」

聞かれるまま頷いてしまったが、おれはいつ食事に行くことになっていたのか。

それに——。

「恭二、仕事は？　制服のまま帰っていいのか？」

今から食事に行くというのに、恭二はキャビンアテンダントの制服を着たままだ。パイピングの施された襟には航空会社の社員章さえ光っている。背が高くてバランスの取れた恭二が着ているからことさら目立っていて、さっきからすれ違う人々も羨望《せんぼう》の眼差《まなざ》しで振り返っていた。

「うん、さっきフライト終えたばかりでね。着替えていたら間に合わなくなると思って」

「……間に合わないって？」

「芳人のお迎えに決まってるだろ？」

くすりと笑って当然とばかりに即答されたが、その答えはおれをますます混乱させるばかりだった。

「それに今日は車だからね。お店で着替えさせてもらえばいいかなって」

さっきからどこへ向かっているのか不思議でならなかったが、恭二の言葉に納得《なっとく》する。

重いドアを開けると、むっとする空気が押し寄せてきた。靴音を響かせてしばらく無言で恭二の後をついていく。シルバーの車の前で歩みを止めた恭二が、ロックを解除して助手席のドアを開けた。

「どうぞ？」

そのスマートな対応に、恭二の日常が見えた気がして切なさが押し寄せてくる。

新しい恋人にも同じことをしているのかな。

疲れているからか、いつもより感情の起伏《きふく》が激しい気がする。恭二の一挙手一投足《いっきょしゅいっとうそく》に敏感に反応してしまう。

きつい、な……。

ため息を噛みつぶしてシートベルトを締めた。同時に車はスムーズに動き出す。大きな車だと思ったのに、それを感じさせない上手い運転だ。

「芳人、あっさりしたものだったらいけるよね？」

恭二は視線を一度だけチラリと寄越し、ウィンカーをつけて一般道へと滑り込む。

「んーん、多分」

「……なにか、あった？」

気遣わしげな声がかけられる。

「元気がないよ？　仕事、そんなに忙しいのかな」

仕事以上に、今優しい言葉をかけてくれる恭二がその原因の大半を担《にな》っているのだと、もちろんおれに言えるわけがない。

「うん、そんなところ。あぁ、忘れるところだった。先週は本当にありがとう。飛行機を取ってくれて助かったよ。おかげで仕事の方もうまくいってる」

「あぁ、先週の。いや、たいしたことはしてないよ。芳人の頑張りを、少しでも手助けしたかっただけだから——って、もしかして、あれからずっと体調悪いの？」

言ったよね？　休養を取るようにって。

そう、恭二のこげ茶色の瞳が見つめてくる。

飛行機を取る代わりの条件だよ、とあの時恭二が言った本気交じりの冗談を思い出す。もちろんだからといって、今の仕事の状態では守れるわけがなかった。

そんなおれの体調を気遣うように一心に見つめてくる恭二の視線を、嬉しいと感じてしまうことが後ろめたくて目を伏せる。恭二の気持ちがまだおれにあるのではないかと、もしかしたらまだ間に合うのではないかと錯覚しそうになるのだ。

「恭二、信号青だよ」

同時に後ろからクラクションが鳴らされて恭二は前を向いたが、慌てる様子もなくアクセルを踏み込む。心の底まで見通されてしまいそうな深い眼差しが逸れてほっとしたのもつかの間。

「芳人」

恭二の強い口調に仕方なく口を開く。

「疲れがたまっているだけだって。来週になれば少しは楽になるんだ」

「少しだけ？」

「……かなりだよ。それより、先週は休憩中だったのか？　あの広い空港で偶然会うなんて、すごいよなぁ」

話を変えたおれに、恭二は諦めたようにふっと小さく息をついた。

「違うよ。オレの乗る便も欠航してね。帰ろうかと思ったけど木曜だっただろう？　もしかしたら芳人がいるんじゃないかってロビーを探してたんだ」

震える手で髪をかき上げるふりをして顔を覆う。醜《みにく》く歪《ゆが》む表情を見せたくなかった。

胸が——苦しい。

「会えてよかったよ。事前に欠航だと気付いて引き返していればいいんだけど、空港で一人途方にくれていたりしたらって気が気じゃな、くて……芳、人？　芳人？」

ついさっき自覚したばかりの思いや、後悔、期待や不安といった諸々《もろもろ》の感情がないまぜとなって重く心にのしかかり、疲労していた心身ではとても持ち堪えることができなかった。

こんなに優しい言葉をかけてくれる恭二なのに、その心はもう他人のものなのだ。

ただの親友というポジションがこんなにつらいなんて……。

嗚咽《おえつ》をこらえるように肩を丸める。

恭二が慌てて車を路肩《ろかた》に寄せると、後ろから派手なクラクションが鳴らされた。

「……芳人」

そっと上体を折って、恭二がおれを覗き込んできた。

「芳人？　どうしたのかな。オレがなにかまずいことを言った？」

今までの大人《おとな》っぽさをかなぐり捨てておろおろと慌てる恭二に、また変な期待をもってしまう自分が情けない。

そして、新しい恋人ができても前と変わらない優しさと親しさで接してくる恭二が、次第に恨めしくなってくる。

だから。

「おれ、もう恭二と会わない」

「え？」

いっそ玉砕《ぎょくさい》してしまった方が楽かもしれないと、やけになった心が暴走を始める。

「もうやめて欲しいんだ——……」

優しく、なんか。

呟くような小さな声だったが、しんとした車内には思った以上に大きく響いた。

優しくされることがつらいときもあるのだと、初めて知った。そして、今はそのつらさをこらえることができなかった。

「芳人、もうオレに会わないってどういうこと？」

そんな狂おしいほどの胸の痛みに俯くおれの頭上から、ひやりとするほど冷たい声音が落ちてきた。はっと顔を上げると、強い力で腕を摑まれ引き寄せられる。

「芳人、なにをやめて欲しいのかな？　オレに会わないって、会いたくないってこと？」

恭二のどこか焦《じ》れたような苛立たしさを感じ取って体がすくみ上がる。

「ぁ」

これ以上なにか口にしたら決定的に嫌われてしまいそうで、一度は覚悟したはずなのに、おれはなにも言えなくなった。なのに、恭二はきつい視線でさらに先を促すのだ。いつもは優しい恭二なのに、なぜこんな時に容赦《ようしゃ》なくおれを追いつめるのだろう。

「だって、さ……」

呼吸が浅く、速くなる。

「恭二のこと、友達だなんて思えないんだ」

そうして、おれはとうとう言わないはずだった言葉を口に乗せてしまった。

新しい恋人ができた恭二は、おれのポジションを友人の一人として格付けしてしまったのだろう。けれど、おれは恭二を友人として見ることなんてできない。

こんなにも、胸が切なくなるほど恭二が好きだから……。

けれど、言葉にしてしまったからそれももう終わりだ。

がっくりとうなだれるおれに、目の前の恭二は——笑ったのだ。ふっと、思わず口をついて出たような小さな笑みだったが、確かに音になっていた。

嘲笑《ちょうしょう》された——っ。

かっと頭に血がのぼる。

そこに。

「友達だなんて、オレも思ってないよ」

唇を噛んだが間に合わなかった。涙が、ぱたぱたと膝に落ちる。

「あ、え?」

恭二とおれは友達でさえなかった、なんて。

「ちょっ、芳人?」

慌てたように恭二がおれに手を伸ばしてくるが、激しくその手を払い落とした。その勢いのまま、恭二を睨みつける。

「じゃあ、なんであんな嘘言ったんだよっ」

悲しみより今は怒りの方が勝《まさ》っていた。だから畳《たた》み掛けるように口を開く。

「嘘?」

「親友より大切な存在だって——あの言葉、信じてたのに」

「え?」

「信じて喜んだおれを、恭二は嘲笑ってたんだな」

「芳人、ちょっと待って——」

「バーでおれに言っただろっ。忘れたなんて言わせない。昔恭二に言われておれが落ち込んだ言葉を、あの時否定してくれたから、だからおれはっ——…」

悔しくて、悲しくて、また涙ぐみそうになったから慌ててぎゅっと喉に力を入れる。

同じ言葉で、また拒絶された。いや、最初から言葉通りの意味だったんだ。おれは恭二にとって友達なんかじゃなかった。

睨むおれの前で、恭二ははっと息をのんだ。そして痛そうに眉をひそめておれを静かに見つめてくる。

「ごめん……」

恭二が謝罪《しゃざい》の言葉を吐《は》いたことで、すべてを肯定されたのだと確信する。

「――…嘘、だったんだ」

あの優しい言葉も真摯な態度も、すべて……。

視線を落とし震える吐息を吐き出すおれとは対照的に、恭二は慌てたように身を乗り出してきた。

「違うっ、それは違うんだ」

「なにが――?」

「今の話だよ。そのバーのとき、ちゃんと言ったよね? 昔のその言葉は芳人を大切に思っている意味だって」

「友達だなんて思ってないって言った」

「うん、だからそれは……」

「おれと恭二は、友達でさえなかったんだ」

「だから違うんだ。友達以上の気持ちだって言ったつもりだったんだよ」

瞳の中に焦った光をにじませて恭二が訴えてくる。けれど、おれはもうなにを信じていいのかわからなかった。だから聞きたくないとばかりに小さく首を振る。

「芳人、本当に……」

「──もう、いいよ」

「だからっ。じゃあ、芳人はどういう気持ちでさっきの言葉を言ったのかな。友達だと思えないって」

今さら、言いたくなかった。これ以上の恥《はじ》の上塗《うわぬ》りなど。

唇を引き結んだおれに、恭二はため息をついたが言葉を続ける。

「ごめん。オレがわかりづらい言い方をしたから誤解させちゃったんだよね、芳人を傷つけるつもりなんてなかったんだけど。最初からはっきり言えばよかったんだ」

「なにが」

「芳人を好きだって」

その言葉はさらりと恭二の口から飛び出した。

「え」

「好きなんだ。昔から、ずっと──」

言われた内容が理解できない。

「え？」

「うん、何度でも言うよ。芳人が好きなんだ」

甘やかすように目を細める恭二の表情を、探るように見つめる。

「嘘――」

「じゃないよ。これは本当のこと」

おれを見返す恭二の瞳には、確かに真摯な色が見受けられるが。

「でも」

「なに？」

「恋人が他にちゃんといるだろう？」

「まさか」

「だってこの前キャビンアテンダントから聞いた。恋人を迎えに行くってデレデレしてたって、先週の金曜日に」

と、恭二は頭が痛いかのように額に手を当てている。

「どこからそんな話を仕入れてくるのか……芳人のことだよ、それ。先週の話だよね？　金曜日、帯広からの最終便で芳人が帰ってくるからって待っていたことはあった。結局、あの日は待ちぼうけを食わされたけどね。いや、勝手に待っていたオレが悪いんだけど」

乗らないときはちゃんと予約キャンセルしなきゃね、と恭二は困ったように微笑んでいる。

そうか。金曜日は、本当だったらおれが出張から帰るはずだった日だ。あの日、病院で点滴を打ったりとバタバタしていたから、予約の取り消しもせずそのままにしていた。

まさか、だから恭二はおれがいつもの便で帰ってくると思って羽田空港で待っていたというのか？

「でもさ」

あまりの急展開にその言葉を信じていいのかわからず、おれはもうひとつの不安材料を口にする。

「先週の土曜日、おれと羽田空港で会ったとき、恭二は――」

そっけなかった、そう言うことがあまりに子供っぽいことだと自覚して、すんでのところで口ごもる。

「先週？　あの時、なにかしたかな。超特急で用事を済ませて戻ってみたら、芳人がいなくなってってびっくりしたんだよ？」

「……用事？」

「お客さまの忘れ物を届けるだけだったんだ」

手帳をね、という恭二の言葉に、確かにあのとき恭二の手に紺色の手帳が握られていたことを思い出した。

「でも、でもっ」

おれがさらに言い募ろうとすると、恭二は苦笑してそれでも優しく目を細める。

「なに？」

「おれ、恭二の携帯知らない。なにも教えてくれなかったじゃないか」

今度こそ子供が駄々をこねるような口調になってしまい、頬が熱くなる。

「うん、そうだね。けれど教えなかったんじゃなくて教えられなかったんだよ」

誰かさんがいつもさっさと逃げてくれるから、と恭二が冗談交じりに睨んできた。

「オレも焦ったよ。芳人の会社名とかは知っているからなんとかなるとは思ったけど、連絡が取れないのは正直つらかった」

思い出すように恭二が苦笑している。体の力がすとんと抜ける。

なんだ、そうか。おれの誤解だったのか。

じゃあ、本当に恭二はおれのこと——？

上目遣いに恭二を見ると、くしゃりと笑ってもう一度言ってくれた。

「芳人が好きだよ」

「……ふっ」

おさまっていた涙がまた溢れてくる。

「昔ね、転校してきたその日に一目ぼれしてから、芳人のことを知れば知るほどにオレは怖いぐらい好きになっていったんだ。今もだけど、その当時もばかみたいに芳人のこと以外なにも考えられなかったよ」

泣いているおれの髪を梳《す》いてくれながら、恭二が静かに話し出した。

「だから、芳人と連絡が取れなくなったとき目の前が真っ暗になった」

「恭……」

「ずっと芳人を探してたんだ。キャビンアテンダントの仕事に就《つ》いたのもそのため。日本中を探せるからね。それでダメだったら世界だと思った。でも、その前に見つけた」

幸せだとでもいうように、恭二が微笑む。

「昔よりもうんときれいになってオレの前に座ってた。震えが止まらなかった、嬉しくてね。傷つきやすくて泣き虫なところも変わらない。その真っ黒い大きな瞳も――」

恭二の指が、涙が溢れる目元に触れた。

「とてもきれいなままで。いや、昔よりもっと力をつけてオレを打ちのめしてくれた。見つめられると背中がゾクゾクして我を忘れた。芳人だけなんだ、こんな気持ちにさせるのは」

なんで、そんなおれが嬉しくなる言葉ばかりを重ねるのか。涙が止まらなくて、困るじゃないかっ。

泣き顔を隠すように恭二に縋りつくおれを、抱きしめ返してくれる腕の強さが嬉しかった。

「……けど、長かったよね」

ようやく泣き止んだおれの肩先で、恭二がしみじみと呟いた。

「中学の頃から、ずっと両思いだったのにようやく気持ちが通じ合ったのはこの年になってからなんて、さ」

そうだ、確かに。

そこまで考えてぎょっとする。

おれの気持ちを知ってたのかっ。

「芳人は？　言葉にしてくれないの？」

睫毛《まつげ》を食むようにおれの目元で動いている唇からは、なんとも憎《にく》たらしい言葉が紡《つむ》がれる。

最初から、恭二はおれさえも気付いていなかった気持ちを知っていたのだ。自分の気持ちがわからなくて、おれがずっと悩んでいた間も――。

いつも恭二はいやに泰然《たいぜん》としていると思っていたが、そういうことだったのか。

なのに、このうえ言葉にしろだと？

まだおれの目元で遊んでいる恭二を押しのけて、間近で睨んでやった。

「絶対言わない」

今しばらくはっ。

「芳人、そんな可愛い顔をするもんじゃないよ。胸に来た。場所柄も考えず襲いかかってしまいたくなるじゃないか」

「えぇっ」

慌てて体を離そうとすると、その前に恭二がやんわりと、しかし強い力でおれの腕を掴んで止める。間近から見つめる瞳には、蕩けるような愛しげな光が瞬いていた。

「芳人、好きだよ」

心の奥深くまで届くような囁きに、おれの体からは力が抜けていく。そして、まるで互いに引き合うように顔を近づけていた。

「……ん」

柔らかく触れ合う口づけから、すぐに深く激しいものへと変わった。しかし決して奪い取るようなものではなく、与えられるような感覚を受けるのはなぜだろう。

息を吸うたびに、恭二のつけているコロンの香りと一緒に、切ないほどの愛しさも胸に落ちてくる。だからおれも同じなのだと口付けることで愛しさを返した。

恭二もそれを感じ取ってくれているのか、髪を首筋を耳たぶを、触れる指先が優しい。

「恭…、も……っ」

好きな相手と触れ合っている。それだけで体が熱くなる。気持ちを伝え合うようなキスをしているのだから、変化は劇的だ。

場所が車の中であることは十分承知していた。けれどそれ以上に気持ちと体が燃え上がってしまってどうにもならない。

「大丈夫、誰も見てないよ。芳人、我慢しなくていいから」

羞恥と快感の狭間《はざま》で泣き出しそうなおれに、自分も同じなのだと恭二が腰の塊《かたまり》を押し付けてきた。

先に欲望に手を伸ばしたのは恭二だった。助手席に乗り出すようにおれの上に覆いかぶさって、首筋をキスで埋《う》めていく。

「……ふ、っ……ぅんっ」

誘われるように恭二の背中に手を回したのと、シートが倒されたのが同じだった。

「これで見えない」

主要道路から一本外れているのか、さっきから車の通りはほとんどなく閑散《かんさん》としていたが、恭二の言葉にようやく体の力が抜ける。

「……触《さわ》ってくれる？」

恭二がおれの手を取って、腰に導く。ストイックな制服姿の恭二の、その部分だけがいやに淫猥で、視覚だけで先に追い立てられそうだった。

おれの下着の中に大きな手を滑り込ませてくるから、おれも制服のスラックスから取り出した恭二の雄をゆっくり愛撫し始める。が、ぎこちないおれとは違って、恭二は的確にポイントをつく動きでおれを翻弄する。

「あぁっ、ぅ…ふぅ、んっ」

次第に、おれの手の動きが緩慢《かんまん》になっていく。恭二はそれに気付いたらしいが、逆に嬉しそうに目を細めておれの熱を煽ってきた。

「足を……上げられるかな？」

快感に酔っていたおれは、囁かれた言葉にぎょっと目を開く。と、すでにズボンから抜かれていた片方の素足が、恭二の手によって宙に上げられていた。

「っや、恭二——？」

「ごめん、芳人とつながりたいんだ。今すぐオレのものにしたい」

優しいが拒絶を許さないような恭二の言葉に、同じように決して退《ひ》いてはくれなかった最初の夜の行為を思い出す。

ぞくりと、鼻先から快感が抜けて吐息が震えた。

「濡らすものがないから、きついかもしれないけど」

そう言いながらも、恭二の熱が奥の入り口をノックしている。

「は……っ……」

「力を抜いて——」

思わず力《りき》むおれを、何度も宥めながら恭二は侵入してきた。きつい空間を押し入ってくる恭二の熱に微かなぬめりを感じるが、かなりの痛みと圧迫感は変わらなかった。

「きつっ…痛っ」

「ん、ゴムのゼリーぐらいじゃきついよね」

涙のにじんだおれの目元にキスを落としながら、ごめんね、といたわるように恭二が優しく囁くから、おれは横に首を振っていた。

それでも、おれは恭二のこの熱が嬉しかったのだ。痛みさえ、愛しく感じる。

「恭二……んっ。いい、よ。動いて」

恭二の首に腕を回してしがみつく。

「うん。芳人、好きだよ」

その言葉にふぅっと体の力が抜けた。と、恭二がゆっくり動き出す。

「あっ、ん…んっ、はっ」

広げられている部分が痺れたようにじんじんしていた。そこを行き来する恭二の熱が、巧みに痛みを取り去っていく。そして恭二の大きな手で前を揉みしだかれると、あの夜と同じ快感にすりかわった。

「恭二ぃ…は、んんっ……あぅ」

しっかりと勃ち上がるおれを待っていたかのように、恭二の動きが急に激しくなる。思いの丈をぶつけるような、熱く容赦のないものだった。

「恭二…、も、うっ」

先に音を上げたのはおれの方だった。息も絶え絶えに訴えると。

「いいよ、イッて。オレもイキそうだ」

恭二も頷いてくれた。

「ぁ…っあぁ――…」

「う…っ」

二人一緒に絶頂を迎えたことが、瞬間たまらなく嬉しかった。

ここしばらくの体調不良もあってか、倒したシートにぐったりと懐いたままのおれに、恭二は手早く処理を終わらせ冷房を強くした。

やっぱり手慣れているよなと少しだけむっとする。けれど、情事が終わったあとの色香をにじませた恭二の横顔に知らず見とれているうちに、再会してから度々感じていた不快感が嫉妬《しっと》によるものだとここにきてようやく気付いた。

おれは自分の鈍《にぶ》さに苦笑せずにはいられなかった。

ハンドルに体をもたせかけたままじっとおれを見ていた恭二が、ふと手を伸ばして額にかかった髪を撫でつけてくる。

「ねぇ、芳人」

指先が目元に移動してゆっくり目縁をなぞり始める。新たな熱を生み出しそうな気配に慌てて手を払いのけ、シートを元の位置に戻した。

車の中でこれ以上の醜態《しゅうたい》は勘弁《かんべん》願いたい。

そんなおれに、恭二は残念そうなため息を返してきた。

「芳人が飛行機でいつも座っていたあの席、なんて呼ばれているか知ってる？」

「お見合いシートって聞いたけど？」

車を動かすサインをしてきた恭二に、シートベルトを締めながら答える。

「あぁ、そうも言うみたいだね。オレ達の間ではラブシートって呼ばれているんだ」

「ラブシート？」

「うん、運命の恋人に会わせてくれるシートってことでね。ちなみに、再会した日に行ったバーのソファもラブシートって言うらしいよ」

二人の愛を深めてくれるんだってと、ハンドルを切りながら教えてくれた。

おれは顔を赤らめながらも、その偶然の一致を不思議に思う。

「バーは偶然じゃないよ。実はオレね、信じてなかったんだ、ラブシートなんて。でも本当にあのシートが芳人に会わせてくれたから、あのバーのシートも効き目があるんじゃないかって思い直してね。願《がん》をかけるつもりで連れていった」

それにまんまと乗せられてしまったわけだ。いや、本当にシートの効き目かもしれない。

「でも、もうあのシートに座ったらダメだよ？　芳人の恋人はオレだけなんだから」

恭二のストレートな物言いに顔が熱くなる。

「うちのスチュワーデスなんていつだっていい男を狙《ねら》っているし、スチュワードはみんなゲイばかりだ」

「嘘言うなよ」

思わず吹き出すおれだったが。

「今日ナンパされたばかりの芳人がなに言ってるんだよ」

いたって真面目《まじめ》にチラリと寄越してきた視線には、軽い叱責《しっせき》も含まれていた。

「——もう、座らないよ」

恭二の独占欲は思った以上に強いらしいと心の中で微笑《びしょう》を作る。密かに愛されている喜びを噛みしめていると、恭二がもうひとつの事実を伝えてくる。

「でも、もうひとつ増えたよね」

「なにが?」

「この車のシートも今日からラブシートだ」

「ば、ばかっ。なに言ってるんだ」

真っ赤になって睨みつけるおれに、恭二が声を立てて笑った。

恭二の肩の向こうを、最終便だろうか、飛行機が飛び立っていく。

今日もラブシートを乗せて——。

ラブシートで愛しましょう

前方で行われているキャビンアテンダントのアナウンスを、おれはいつになくゆったりとした気分で聞いていた。

通常、機内でアナウンスをするのはベテランぽい少し年齢のいったキャビンアテンダントが多いが、今マイクを握《にぎ》っているのはおれと同年代の若い女性だ。

そのせいか、周囲の男達の視線がぎらぎらしている気がする。

「いいですよねぇ。花が咲いてるって感じで、華《はな》やかだなぁ」

隣に座っている、会社の後輩である小野田《おのだ》も顔をにやつかせて話しかけてきた。

大柄《おおがら》で、学生時代はバレー部のエースだったという小野田は、真面目《まじめ》にしていればハンサムといわれる顔も、今は目も当てられないほどだらけきっていた。

こいつをかっこいいとほめそやす会社の女性達にも、今のこの顔を見せてやりたい。

『――赤いタグを引きますと救命胴衣《きゅうめいどうい》はふくらみます。ふくらみが足りない場合には両方の管《くだ》から愛情をいっぱい吹き込んで下さい』

きらびやかな制服を着た二人のキャビンアテンダント達は、さらにスポットライトが当たっているせいでキラキラ輝いて見える。

飛行機に乗る機会が少ない小野田にとって、あまり接することのないキャビンアテンダントはどれほど眩《まぶ》しく見えるのか。そう思うと小野田の興奮もわからなくもないが。

「江口《えぐち》先輩は本当にスゴイですよねぇ、キャビンアテンダントを捕《つか》まえるなんて」

「——小野田のそのセリフ、もう何回目になるか、自分で覚えているか？」

さすがにそう何度も口にされるとおれも聞き飽きてくる。だから小声で指摘すると、小野田は子供のように唇を尖《とが》らせた。

「だって、キャビンアテンダントと結婚なんて男の憧《あこが》れですよっ」

「だから、声が大きいって」

おれは声をひそめて小野田を咎《とが》めるが、隣のテーブルにいた新婦側友人の女性達には聞こえたらしく、クスクスと笑われてしまった。

まったく……。

おれは壇上に目をこらす後輩を見て、少し恨《うら》めしげにため息をつく。

そう、おれが今いるのは飛行機の中ではなく都内ホテルの披露宴《ひろうえん》会場。アナウンスしているキャビンアテンダント達は、新婦の同僚で、結婚した二人を祝う余興《よきょう》をしているのだった。

『——新居には玄関とベランダに非常口がございます。飲みすぎての深夜の帰宅時の入り口、夫婦ゲンカの際の脱出口として新郎は二カ所以上確認しておくことをおすすめいたします。また新婦、真理子《まりこ》さんは緊急事態に備え十分な訓練を重ねておりますので、新郎、康隆《やすたか》さんはポケット内のライター、マッチ、領収書、香水、口紅などには十分お気をつけ下さい』

機内放送のアナウンスを模《も》して祝いの言葉としているのだが、華やかな制服を着たキャビンアテンダント達が見せるショーにも近い余興に、場内には黄色い声が上がっていた。特に男性サイドから。

いや、男だったら黄色い声って言わないかな。ねずみ色か？

そんなことを考えながら、おれは壇上《だんじょう》から目を離して後ろにあるテーブルに視線を投げる。

それにしても、あいつはどこに行ったんだろう……？

新郎側の会社同僚として出席しているおれだが、偶然にも新婦側の同僚の中にあいつが出席することを聞いて楽しみにしていた。式が始まる前にバタバタと挨拶《あいさつ》程度の会話を交わしたが、しばらくして気付いたらいなくなっていたのだ。

あいつとは、おれの恋人で、密かに自慢《じまん》の――。

『機長に代わりまして、皆さまにご搭乗機の飛行予定をお知らせいたします』

その時、式場に今までとは違う、腰にくるバリトンが響いてぎょっとした。

振り返ると、入り口付近の司会者がいたスペースにスポットライトが当たっていて、そこに一人の男性キャビンアテンダントが立っている。

「恭二《きょうじ》っ？」

驚いて声が出てしまったが、その声は式場を埋め尽くす女性達の喚声《かんせい》にかき消された。

航空会社の制服を着て、壇上で行われていたアナウンスを引き継いだ男こそ、おれが今まで目で探していた恋人の恭二、その人だ。

『――機長の康隆さんは本日が初フライトの新米《しんまい》パイロットでございます。途中、操縦《そうじゅう》を誤

り機体が大きく傾くことも予想されますが、パーサーの真理子さんがしっかり支えてくれることと思いますので、心配ございません』

照明を落とされた式場で、一人スポットライトを浴びた恭二の声が朗々と響く。

くっきりとした鼻梁《びりょう》に切れ長の瞳。少し硬骨な印象も受けるその瞳は、微笑《ほほえ》むと一転してあでやかで柔らかいものになるのをおれは知っている。端整で、内から出る品位をまとったような上品で華やかな男が、さらにそれを際立たせるキャビンアテンダントの制服なんて着ているから、男でも見とれてしまうくらいだ。

ましてや、それが恋人である恭二なのだからおれは頬《ほお》が緩《ゆる》んで仕方なかった。

恭二のやつ、帰ってこないと思ってたら、このために準備していたんだ……。

さっきまでは洒落《しゃれ》たスーツを着てテーブルに座っていた恭二だが、この余興のため、壇上にいた女性キャビンアテンダント達と一緒に制服に着替えたのだろう。

なにかあったのかと少し心配していたから、恭二の姿を見てほっとしたものの——。

「あいつ……」

どうしてこんな派手《はで》なことをするって事前に言っておかないんだよ。

ちょっとだけ面白《おもしろ》くない気持ちもわき上がってきた。

気付いているのかよ、女達の熱い視線に。

『——キッスです。どうぞ前方にご注目下さい。なお上映時間は一〇秒でございます。業務連絡。康隆さん、真理子さん、スタンバイお願いします』

恭二の声に誘導されて、式場中の視線が前方の壇上に移った。新郎新婦にキスコールがかかり、カメラを持った数人が前方に走っていく。

女性達のあからさまな視線が恭二から逸《そ》れてようやく胸のもやもやも少し落ち着いたが、ついそんなふうにずっと恭二を見ていたせいで、当の本人とバチリと視線が合ってしまった。

「……っ」

しかしおれと目が合った瞬間、恭二がふわりと笑う。

おれだけに向けられた甘やかな微笑みに急に心臓が早駆けを始める。さっきまでの面白くない気持ちも一気に吹き飛び、ふんわりと温かい気持ちになった。

われながら現金だなぁ……。

中学時代の親友で、つい三カ月前に飛行機の中で偶然再会した恭二と、紆余曲折《うよきょくせつ》を経《へ》て恋人になったのはひと月前のこと。今一番ラブラブしていていい時期なのに、実は恭二とこうして顔を合わせるのは二週間ぶりなのだ。

キャビンアテンダントという特殊な仕事に就《つ》いている恭二は、休みも不規則なら勤務体制もかなり複雑。しかも今日は帯広《おびひろ》だ明日は沖縄《おきなわ》だ、と日本中を駆け巡っていて、いつ飛行機が遅れたり欠航したりするかわからない、先が読めない仕事だ。そのせいで前々から約束していても土壇場《どたんば》で流れるなんてことがしょっちゅうだ。

けれど今日は、この後久しぶりに二人で時間を過ごすことになっていたから、おれは密かに楽しみにしていた。

恭二には、そんなこと恥ずかしくて絶対言えないけど……。

ふわふわとした思いで恭二の声を聞いていたが、終わりも近づいてきたアナウンスの内容にはぎょっと顔を上げた。

『皆さまに、独身キャビンアテンダント売れ残り一掃《いっそう》キャンペーンのご案内を申しあげます。ただ今様々な特典をお付けして、よりどりみどりのキャビンアテンダントをご用意し、皆さまのお申し込みをお待ちしております。商品の中には売約済み、賞味期限切れのものも――』

ゆるく笑みを刷《は》いた恭二はまさに理想のキャビンアテンダントの姿だから、キャンペーンの言葉に女性達がざわざわと騒ぎ出すのが妙に落ち着かない気分だ。

あれは余興だって、皆ちゃんとわかってるよな?

ついそんなことを真剣に思ってしまう。

それというのも恭二が女性にモテるのを知っているからだ。

しかも、恭二の今までの女性遍歴が窺《うかが》えるようなスマートなエスコートぶりを普段から目にしているせいで、恭二の周りに女性の姿があると胸がざわつくのを止められない。

もちろん、恭二を信じているけどさ。

おれだって、こう言ってはなんだがけっこうモテる方なのだ。

女性に警戒心を抱かせない柔和《にゅうわ》な顔は、若い頃モデルをしていた母にそっくりの繊細《せんさい》な女顔で、学生時代は『王子』なんて呼ばれたこともあった。

しかし恭二と比べると、男としての色香《いろか》が絶対的に足りない。

そういう意味で恭二には勝てないと思ってしまうのだが、そんな恭二が恋人として選んだのが他でもないおれだったことは、ほんの少し誇らしい。恭二本人には絶対言えないけど。

アナウンスを終わらせ盛大な拍手をもらっている恭二を、おれは内心苦笑しながら見つめた。


「えっ、二次会に行かないんですか」

後輩の小野田にやけに驚いたように言われておれは苦笑した。

「久しぶりに工藤《くどう》さんと飲めるって楽しみにしてたんですよ、俺。それに、たぶん集まるのはキャビンアテンダントだから、こんな機会を棒に振るなんてもったいないですって」

「いや、小野田だけでも楽しんでこいよ。悪いけど、この後おれは約束があるんだ」

帰り支度《じたく》をして、納得《なっとく》いかなげな小野田に手を上げるとおれはいそいそと会場を後にする。

ホテルのロビーは――他の階であった別の式に出席したのだろう――着飾った人々で溢《あふ》れ、華やかな空間となっていた。

その中でもひときわ華やいだグループがロビー中央にいる。すらりと背が高いスーツ姿の男を取り囲むとびきりの美女達の集まりだ。さっき、式に出席していた新婦側の同僚のキャビンアテンダント達だった。

あいつ、鼻の下を伸ばしていないだろうな。

嫉妬《しっと》深い性格ではなかったはずなのに、恭二に対してはどうしても心が大きく揺り動かされてならなかった。

唇を尖らせたいような気持ちでおれは集団へと近づいていく。

「――芳人《よしと》」

絨毯《じゅうたん》が敷かれた床《ゆか》は足音など聞こえなかったはずなのに、声をかける前に恭二が顔を上げておれに気付いた。しっとりとした声で名前を呼ばれ、恭二の表情が柔らかく崩《くず》れる。

その瞬間、周りを取り囲んでいたキャビンアテンダント達の視線が一斉に飛んできた。迫力さえある女性達の視線にしばし臆《おく》してしまったが、如才《じょさい》なく微笑んでみせると一転して笑顔が返ってきた。

「お約束って、こちらのお友達だったんですか？」

「同じお式に出席されていた方ですよね。じゃあ、二次会の会場でお話しされたらいかがですか？　せっかくのお祝いなのですから」

女性達が次々と繰り出す言葉に、そういえば以前も同じような場面があったなと苦く思い出す。

「悪い、もう店も予約しているからそういうわけにもいかないんだ。それじゃ、高田《たかだ》さんに……っと、もう江口さんだったか。江口さんご夫婦によろしく伝えておいて」

おれがなにか言う前に、恭二がするりと女性達の囲いから抜け出てきた。

「えぇー、石川《いしかわ》さーんっ」

不満そうな女性達の声も聞こえないふうにおれの前に立つ。

「芳人も、もう帰って大丈夫《だいじょうぶ》？」

「おれは、大丈夫だけど……」

「じゃ、行こうか」

そのまま歩き出した恭二に合わせて足を進めたが、引きとめようと声をかける女性達にほんの少しだけ申し訳なくなる。恭二の態度があまりにそっけないからだ。

「なぁ、いいのか？　同僚なんだよな？」

「いいよ。芳人に色目を使うなんて、仲のいい同僚でもちょっと嫌だなって思ったからね」

十分離れたことを確認して恭二に話しかけると、思ってもみないことを言われた。それを聞いておれは思わず吹き出す。

「ばっか、色目を使われていたのはおまえだろ。てっきり鼻の下を伸ばしていると思ってたら、そんなことを考えていたんだ」

「――芳人はいつも自分のことは見えないんだから」

恭二はやけに困ったように、けれどどこか愛《いと》おしげに見下ろしてきた。

「なんだよ、それ」

同い年である恭二の、あからさまな保護者目線が面白くなくておれは唇を尖らせる。

こうして、恭二の前だとおれは解《と》き放たれたみたいに素《す》のままの自分がこぼれ出てしまう。

さっきまで同僚や後輩の前ですましていたのが嘘《うそ》みたいだ。

「ふふ、自分の魅力に気付いていないところも案外可愛《かわい》いなってこと」

「ばかっ」

喉《のど》で笑いながら恭二が言ったそれはさすがにわざとらしいとは思ったが、その甘い声にごまかされてしまうのだからしょうがない。

つい顔を赤くして、俯《うつむ》かずにはいられなくなる。

「……芳人、こっち」

「え？　どこに行くんだ？」

急に方向転換した恭二に驚いて顔を上げると、またホテルへの道を戻り始めてしまった。

「タクシーで帰ろう」

「えー。そんな、もったいないよ。ここからだと電車でそんなに――」

「早く芳人と二人っきりになりたいんだ」

「……っ」

耳元で囁《ささや》かれた恭二の低い声は腰にきて、一瞬のうちに全身の肌があわ立った。

「耳元で、しゃべる……なっ」

膝《ひざ》からガクリと力が抜けて危うく転びそうになったのを、隣の男が力強く支える。

「おっと、大丈夫？　やっぱりタクシーで帰った方がいいね、酔いが足にきてる」

「………ばか」

嬉しいような、恥ずかしいような、恨めしいような――複雑な気分だ。

知らず潤《うる》んでしまった目で睨《にら》むと、恭二は大げさに額に手をあてて嘆息《たんそく》した。

「どうしよう、このままかっさらってしまいたい。やっぱりホテルに部屋を取る？」

「もう、タクシーに乗るんだろっ」

これ以上恭二がばかなことを言い出す前に、おれはさっさと恭二を引っ張ってタクシー乗り場へと歩いていった。

タクシーに乗っている間、運転手から見えないのをいいことに、恭二とはずっと手を握っていた。

向かったのはおれの家だ。

1DKとは名ばかりのそう広くもない部屋は学生時代から住み続けているが、そろそろ年相応に快適な部屋に住みたいとは思っているものの、交通の便がいいからなかなか引っ越せない。

しかも恭二が訪れるようになってからは、部屋がよけいに狭く感じられた。ベッドがセミダブルタイプなのも狭く感じる原因かもしれない。

恭二と二人で寝るときはいいんだけどさ……。

そんなおれの部屋に入ると、すぐに後ろから恭二が抱きしめてくる。

「ちょっ――」

リーチの長い腕で軽々とおれを抱いて首筋に顔を埋《うず》める恭二に慌《あわ》てる。

その熱をもった唇が小さくキスを繰り返してくるからだ。

「っん、恭二。待……って」

確かに恭二との逢瀬《おうせ》は二週間ぶりだ。おれも恭二に焦《こ》がれていたけど、こんないきなりセックスへなだれ込むのは急すぎる気がする。

「……っ…」

普段は優雅な雰囲気の恭二がまるで飢《う》えた獣《けもの》のようで、ドキドキしたせいでもある。

「待てないよ、芳人が今すぐにでも欲しい」

狙《ねら》ったように魅惑的《みわくてき》なバリトンを耳に注《そそ》ぎ込まれておれは床にくずおれそうになった。

「う……んっ…は」

鳥肌が立った首筋をぞろりと舐《な》められ、ジャケットの中に大きな手が滑り込んでくる。シャツの上から素肌を楽しむように蠢《うごめ》く指先に、おれは息を乱してしまった。

そんなおれの、ぷつんと尖った胸の飾りに恭二の指先が気付いた。

「あっ……ぁ…っぁ…ん」

その尖りを爪《つめ》で引っ掻くようにされ、かと思うと指で押しつぶされる。同時に首筋にゆるく歯を立てられると、全身に震えが走った。

「…っね、がい……、ここは、ここじゃ…ぃやだ」

力が入らない足でそれでも必死に床を踏みしめなんとかそう言うが、恭二の手はやめる気配もなくおれの体を動き回る。下肢《かし》へと伸びてきた大きな手に布ごと股間《こかん》を揉《も》み込まれ、熱く芯《しん》が入っていたそこをさらに育てていこうとする手になすすべもなく翻弄《ほんろう》された。

「あぁ……っ」

とうとうがくりと膝の力が抜け、壁伝いにずるずると崩れ落ちる。が、恭二も一緒《いっしょ》に膝を折り、背後《はいご》からおれに覆《おお》いかぶさってくる。

ネクタイを強引《ごういん》に緩められ、シャツのボタンはあっという間に外《はず》された。そこに恭二の手が忍び込んでくる。

「んんっ、ぁ、あっ……っぁあ」

もう片方の手はすでに下着の中にもぐり込んでおり、硬くなった熱を取り出している。そして、こぼれ始めた雫《しずく》を全体に塗《ぬ》りたくるような卑猥《ひわい》な動きを始めた。

「芳人、可愛い、芳人」

熱い囁きが首筋を撫《な》で、それよりさらに熱をもつ唇で肌を吸われた。

「あぁっ、ダ…メっ、ダメだっ……て」

強い快感に思わず腰が浮く。

背中にのしかかるような恭二の体も、服越しなのに燃えるように熱いのが伝わってくるから、それによりさらに自分の情欲が煽《あお》られていくのを感じた。

「芳人、ねぇ気付いているかな」

「な…に…っん」

「ほら、こっち」

「……っ」

強引に体の向きを変えられると、壁にある大きな鏡と向かい合わされた。

スーツも着たまま、ただシャツのボタンをみぞおち辺りまで外され、しかもスラックスの前を大きく開かれ勃《た》ち上がった熱が見えるというあられもない格好のおれが、後ろから伸びる恭二の手でさらに乱されているのがありありと映《うつ》っていた。

「いや…っだ。恭っ…ぁっん」

「ふふ、もしかして鏡を見て感じてる？」

鏡越しにおれを見つめてくる恭二の瞳に、官能の色がにじむ。

「違……ぁ…う、ち…が…っ……からっ」

それなのに、どうして鏡から目が離せないのか。

普段は上品で貴公子のような顔をしている恭二が、凄絶《そうぜつ》なまでに淫靡《いんび》な表情で体をまさぐる姿を、おれは釘《くぎ》付けになったように見てしまう。

「この黒々と濡《ぬ》れたような瞳があんまりきれいだから――」

おれの目元から視線を外さないまま、恭二が耳朶《じだ》をゆるく嚙《か》んでくる。

「――舐めて、蕩《とろ》かしてしまいたい」

「ひっ……ん……」

耳穴《じけつ》に吹き込まれる甘い囁きにびりびりと背中に痺《しび》れが走った。体をしならせ、恭二の肩に頭をこすりつける。

そのおれの顎《あご》を恭二の手が掬《すく》い上げ、熱いキスが降ってきた。口内をまさに蕩かすような情熱的な口づけに、蜜をこぼしていた屹立《きつりつ》が限界を訴えてびくびくと震える。

「いいよ、一度イッておこうか。ほら、目を開けて。芳人も自分がイくところを見ておかなきゃ」

「っ…や……っ」

顎にかかっていた恭二の手が鏡に向かうように固定され、涙の浮かぶおれ自身と目が合う。

その瞬間、もうおれの視線は動かなくなった。

「ん、っん、ぁあぁっ……ぃや……いゃっ……な…の、に……ぃ」

恭二がおれの熱を揉み込みながら上下に擦《こす》り上げる淫猥《いんわい》な動きがまざまざと映り、上気した顔でもらす息が鏡を曇らせる。

自分はスーツを乱してもいない恭二がそんなおれを恍惚《こうこつ》として見つめていた。

「芳人、いいよ、イッて。オレに見せて」

恭二の昂《たか》ぶった声が聞こえた瞬間、おれは恭二の手で絶頂に追い上げられた。

「ぁっんっ、ん――――…っ」

パタパタと精が鏡を汚す。

がくりと今度こそ力が抜け、おれは鏡に額を押しつけ荒い息を吐《は》いた。

「芳人、きれいだったよ」

そんなおれに恭二がキスの雨を降らせてくる。おれが動かないのをいいことに、こめかみや頬、首筋や顎の先などおれの肌を恭二のキスが埋め尽くす。

けれど力が戻ってくると、おれはそんな恭二をぐっと押しやった。

「ばか恭二。なんてことをするんだよ」

「ん？　なにが？」

こんなプレイみたいなことを、おれは今まで一度だってやったことがないのに、恭二はノリノリで仕掛けて来るだなんて。

「なにがって、信じらんない。今みたいな、はっ…恥ずかしいことをよくもおれにやらせたなっ。おまえにも同じことを要求するっ」

おれは顔を真っ赤にして恭二を睨みつけると、恭二は逆に嬉しげに顔をほころばせる。

「いいよ、今日は鏡の前で芳人を抱けるんだね。初めてだからどうかなって思っていたけど、喜んでくれたみたいで嬉しいよ」

「喜んでないっ。ぅわっ、喜んでないって言ってるだろ。なに服を脱がしてっ……ん、ぃやだ、本当にここじゃ、ぁんっ」

伸びてくる恭二の手を必死に防御しようとするが、それ以上に恭二の方が巧《たく》みだった。今以上の恥ずかしい行為がこの後待っていることを想像し、おれは甘い震えが止まらなかった。

「あ、工藤さん。おはようございます」

「おはよう、工藤。そうか、今日からか」

出社したブースでは、皆が次々と笑顔で挨拶をくれる。

久しぶりの古巣《ふるす》に朝から出勤することに実は少しだけ緊張していたが、同僚達の挨拶にようやくほっと胸をなで下ろした。

「おはようございます。今日からまた企画室に戻ってきました。よろしくお願いします」

控えめな笑顔を浮かべて挨拶すると、小さな拍手が上がる。

チーズ好きが高じて乳製品会社に勤《つと》めてしまったというおれは、つい先日まで、とある企画に携《たずさ》わっていた。社に新しく高価格帯のブランドを作るという企画だったが、これが気難《きむずか》しい上層部にも歓迎され、企画室を離れて別室でプロジェクトチームを率《ひき》いるまでに発展した。

ほぼ一年間、毎週の帯広出張をはじめ、なんだかんだと忙《いそが》しくも充実した日々を送ってきたが、無事新商品も発売され、売り上げもまずまずな結果を出すことができた。社長から直々《じきじき》に言葉も頂き、プロジェクトチームは解散。チームリーダーだったおれはその後の残務処理が大変だったが、それでもようやく元の企画室に帰ってきたというわけだ。

月に数度は雑務のためにここに戻って仕事をしていたとはいえ、正式復帰の今日は、なんだか転入初日みたいな気持ちだった。幼い頃から親の仕事の都合で転校を繰り返していたおれは、なんとなく昔を思い返して苦笑いする。

さっそくもう書類が積み上がっているおれの机に、プロジェクトチームから引き上げてきた荷物を置いて座ると、ようやく戻ってきた気持ちがした。

「お、工藤。帰ってきたな。さっそくで悪いがちょっと来てくれ」

薄くなり始めた頭を変なボールがついた棒で叩いていた室長が、手招きをする。

「一年間、お疲れさん。新ブランドの商品、けっこう売れているらしいじゃないか。おまえさんもずいぶん頑張《がんば》ったって聞いてるぞ。この調子でまた頑張ってくれ」

昼行灯《ひるあんどん》の風貌《ふうぼう》だが、いざとなると誰よりも頼りになる名物室長だ。

「ところで、例のアンテナショップの件、今度のプレゼンの候補に挙がったぞ」

のんびりとした口調《くちょう》に、おれは逆に気が引き締まる思いがした。

プロジェクトの解散が決まった頃、おれは新しい企画を室長に提出していたのだ。

企画に正式にゴーサインが出るのは上層部が開くプレゼンテーションでＯＫが出てからだが、新しい仕事を始められるとおれは奮《ふる》い立つような気持ちになっていた。

「プレゼンは三週間後。この企画じゃリサーチが大変そうだけど、おまえなら心配ないだろう」

「ありがとうございます」

いたってすました顔で、けれど足の横でおれはぐっとこぶしを握った。

「あー、それでだな。忙しいところを悪いけど、別件で、少し小野田を手伝ってやってくれないか」

おれは背後で大きな背中を向けている後輩の姿をちらりと見る。

「なにか問題でもありましたか？」

「いやいや、オブザーバー的で構わないんだが、ちょっと最近一人でムリをしている感じがあるからな。本人はできると言ったんだが、俺がダメだと判断した。だったら工藤に手伝ってもらいたいって言うからさ。指導した後輩にここまで慕《した》われると、おまえも嬉しいだろ？」

先日の結婚式でも同じテーブルで出席していた小野田は、おれが直々に新人教育をしたせいか、なにかと一緒にされることも多い。本人も指導したおれを一途《いちず》に慕ってくるから、人との間に線を引いてしまいがちなおれにしては珍しく可愛がっている後輩だ。

「それに小野田にはおまえの企画を手伝えと言っている。プレゼンまで忙しいだろうがそれで相殺《そうさい》してくれ。あいつも、そろそろ大きな仕事に携わってもいい時期だからな、今回のおまえの企画はいい勉強になるだろう。存分に使ってやればいい」

「――わかりました」

了承の旨《むね》を伝えてさっそく後輩の席へと向かうと、足音を聞いたのか小野田が顔を上げた。おれを見てはっと顔を引き締めると、すぐに立ち上がる。

「おはようございますっ、工藤さん」

「おはよう。今室長に聞いたんだけど、なにか行きづまっていたりするのか？」

直立不動の小野田の背を軽く叩いて隣の椅子《いす》を引っ張って横に座ると、申し訳なさそうに声を小さくする。

「すみません、工藤さんもお忙しいのに。実は――」

仕事もできるしなににつけてもバランス感覚が優《すぐ》れているから社内でも若手のホープだと噂《うわさ》されている小野田だが、時に思ってもいない失敗をやらかすのが玉《たま》に瑕《きず》だ。

今回も、とあるイベントで配《くば》られるアメニティグッズの注文ミスをしでかしたらしい。

「いいよ、わかった。一度おれも工房に出向いてみようか。企画書、見せてくれるか？　具体的にどこまで進んでる？」

しょげ返る小野田に明るく声をかけた。

喜怒哀楽《きどあいらく》がはっきりしている小野田はその素直な性格もあって、よく大型犬に喩《たと》えられたりしていた。企画室においては皆のマスコット的存在なのだが、今の小野田は、まさに耳をたらして反省するワンコかもしれない。

それを思いつくと、しらず笑みがこぼれてしまっていた。

「——…っ」

「小野田？　だから企画書を……おい、なにぼうっとしてるんだよ」

「つあ、すみません。その企画書はここ辺りに、う…わ——っ」

目の前で少しぼんやりしている後輩に声を上げると、焦《あせ》ったように机に向かった小野田だが、見事に書類の山を崩してしまった。

それを見て、改めて帰ってきたんだなと実感し、おれは苦笑いを嚙みつぶすのだった。

「え？　今日の約束がダメになった？」

おれはケータイに向かってむっと眉《まゆ》を寄せた。

『ごめん、羽田《はねだ》に帰ってくるのが二十一時を過ぎそうなんだ。ちょっとまだ不確定な部分もあるから、今日はキャンセルにさせて欲しい』

しかし恭二が申し訳なさそうな声で言うから、おれは文句も言えなくなる。

約束をキャンセルするのがこれで何回目か、覚えているのかよ。

おれはそんな言葉をぶつけたいのをぐっと我慢《がまん》した。

プロジェクトチームの解散で帯広出張がなくなり、仕事は相変わらず忙しいけれど、それでも以前より恭二と会いやすくなると思っていたら、恭二自身も仕事柄なかなか約束ができにくい環境であるのを知ったのはここ最近のことだ。

おれの休みである休日を中心に誘《さそ》ってくれるのだが、そうなると当然恭二は仕事が終わってから駆けつけることになり、それゆえに今日のように約束していても会えないことがある。

恭二の仕事が大変なのは、おれもついこの間まで飛行機を使っていたからわからなくもない。やれ滑走路の混雑だとか悪天候だとかですぐに予定時刻から遅れるし、欠航だってある。そのほとんどが事前にわからないらしいから困った話だ。

だからおれだって少しぐらい遅くなっても構わないって言うのに、そういう時、恭二は約束の時間を遅らせるなんてことはせずにきっぱり約束自体をキャンセルするのだ。

それはあまりに薄情だろうと文句も言いたくなる。

おまえはおれに会いたくないのかよって。仕事ばっかり優先させすぎじゃないのかって。

けれど、おれは恭二になにも言えずにいた。

実は最近、おれはそれまでのように好きに言葉を発せないことが多くなっていた。今までなんの遠慮もなくわがままを言ってきたけれど、恭二が好きだと自覚して恋人になったら、急に嫌われるのが怖いと思うようになり、なにも言えなくなったのだ。無防備に甘えることに躊《ちゅう》躇《ちょ》するようになった。

もっと会いたい。

恭二の顔を見て、たくさん話がしたい。

本当は言いたいことが山のようにあるのに、口をつぐんで理解のあるふりをする。特に恭二の仕事関係には一切不満を口にしたことはなかった。

ここまで臆病《おくびょう》にならなくても、と時におれも考えるのだけど――実は、恭二と付き合う前に何度か食事をした女性キャビンアテンダントから聞いた話が忘れられないのだ。

キャビンアテンダントという仕事のせいで、何度恋人とダメになったか。約束をドタキャンすること数回、付き合った相手からなんで会えないのかとつめ寄られ、しまいには別れたなんて話も聞いたりしたから、恭二と付き合うようになって最初に、おれは彼女の恋人達と同じ轍《てつ》は踏むまいと心に誓った。

会いたいとしつこく口にして、仕事なのにどうしてわかってくれないのだと恭二がおれの存在を重く感じるようにでもなったらたまらない。

身内以外でおれがわがままを言ったり素のままになれる相手なんて初めてだから、どこまで恭二がそんなおれを受け入れてくれるか、底が見えないというのもある。好きだからこそ、嫌われたくないからこそ、遠慮してしまうのだ。

なにより、職種は違えどおれだって仕事でプライベートがままならないことだって多々あるのだから、同じ仕事をもつ身として、恭二を困らせたくはなかった。

気遣わしげな、しかし少し早口な恭二の口調にはっと我に返る。携帯の向こうからは空港のアナウンスが聞こえていた。

『芳人？　聞こえてる？』

ない時間を、恭二もムリにつくって今電話してきているのだろう。

それを思うと、もうなにも言えずに唇を噛みしめるしかなく。

「――わかったよ、また今度電話してくれよな」

そんな言葉を述べるにとどまった。

最近のおれは、本当にこんな物わかりのいい返事ばかりを口にしている気がする。

しかし、気持ちよく送り出されてほっとするかと思った恭二がなぜか逆に言葉につまったように沈黙《ちんもく》したのだ。

「恭二？　どうしたんだよ？」

『いや、うん。また電話する。メールもね。芳人、ね、オレを愛してる？』

けれどすぐに返事が返ってきたかと思ったら、恭二はとんでもないことを言い出した。

「なっ」

おれは思わず携帯を耳から離して凝視《ぎょうし》する。

どうしちゃったんだ、恭二？

『聞きたいなって思ったんだ。芳人、言ってよ』

忙しいんじゃないのかよっ。

おれは恥ずかしさで怒鳴《どな》りつけたくなる。けれど、おれの返事をずっと待っているように電話の向こうの恭二が黙《だま》っているから、おれは思いっきり顔をしかめて口を開いた。

「そっ、そんなの、恭二が一番よく知ってるだろっ」

『ん、そうなんだけど、ちゃんと言葉で聞きたいときもあるんだよ？　あぁ、でももう時間切れだ、残念。今度は聞かせて。芳人、愛してるよ』

諦《あきら》めてくれてほっとしたが、最後に付け加えられた言葉とキスの音には、おれは一気に顔が熱くなった。

「おまえ、信じらんないっ」

携帯に向かって叫ぶが、もう通話は切れていた。

なんで恭二はいつもそんなにさらりと口にできるんだよ――っ。

嬉しいとか、恥ずかしいとかを通り越して心臓がバクバクしている。

「ばか恭二……」

本当にいったいどうしちゃったんだ、恭二は。

愛してるか聞かせてくれって、そんなのわかっているくせに。

「あ……」

でも、おれって今まで恭二に好きって言葉を言ったことがあったっけ？

ふとそのことに気付いてどきりとする。

「でも、あの聡《さと》い恭二がおれの気持ちがわからないってことはないよ、な……？」

おれは肩をすくめて独《ひと》りごちるが、それでもなぜか少し気になってしまったのは事実だ。

けれどそれよりなにより、今日も恭二と会えないことの方がショックだった。

つい今しがた様々な理由でマックスまで上がったテンションが一気に下がっていく。

おれはがっくり疲れたような気分になって人のいない休憩《きゅうけい》ルームのベンチに腰かけた。

プレゼン用の面倒なリサーチを重ねる自分の仕事に加えて後輩のサポートまでしているせいか、仕事が押して今日は休日出勤をしていた。それでも五時には仕事を終わらせ、サプライズで羽田空港まで恭二を迎えに行くつもりでいたのだ。

いつも余裕な恭二を、今日こそ驚かせることができるだろうか。

そんなことを思いながら仕事をしていても口元が緩んで仕方がなかったところにかかってきたキャンセルの電話だ。力も抜けるってものだろう。

サプライズがダメになったどころか、今日も恭二に会えないのだから。

「はぁ……」

約束がなくなったのなら、まだやることが山積みの仕事に戻ればいいのに、おれは放心したようにベンチから立ち上がることができなかった。ドリンクディスペンサーの点滅《てんめつ》する明かりをぼんやりと見つめ続ける。

「恋人がキャビンアテンダントでこんなに苦労するとは、本当思わなかったよ……」

ベンチの背もたれに体を預けながら、おれはため息混じりに呟《つぶや》いた。


「あ、工藤さん。帰ってきたら顔を出してくれって、山岸《やまぎし》部長から伝言です」

翌日、外回りから帰ってきたところで、眉間《みけん》にしわを寄せた事務の女性に話しかけられた。

「え、山岸部長が？」

「ええ、山岸部長が、です」

同じく眉をひそめながらおれが聞き返すと、本来なら笑顔が可愛いその子も神妙《しんみょう》な顔で頷《うなず》く。

「工藤さん、なにかやったんですか？」

一緒に外に出ていた小野田が不思議そうに聞いてくるが、おれにも心当たりはなかった。

「いや、なにもやってないはずだけど。とにかく行ってくる」

荷物を机に置いて、おれはネクタイをチェックしながら足早にブースを出る。山岸部長がいる部長室は、ブースを出て隣だ。

ノックをすると、すぐに返事があった。

「工藤です、お呼びだと伺いましたが」

「お、工藤くんか。ずいぶん遅かったじゃないか、ずっと待っていたんだぞ」

ゴルフクラブを握って素振りの練習をしていたらしい山岸部長が尊大《そんだい》に言った。それでも、いつもならさらにねちねちと続ける文句もそこで終わり、太い体を揺するようにいそいそと応接ソファに座る。

「君もかけなさい」

そう口にしながら。

背は低いが体格がよくて、一見人のよさそうな中年男だが、これがまったく仕事ができないお荷物部長だった。上の人間にはおべっかを使い、下の人間にはいばり散らす典型的な嫌われる上司だ。仕事はろくにしないうえに接待と名のつくものが大好きで、美味《おい》しいところはちゃっかりもっていくから部下には大いに敬遠されている。しかし、ここまで好きにやってもまだ部長席に座っていられるのは、要領がいいというのもあるが、山岸部長が役員の縁戚《えんせき》だからだ。部長に逆らうと島流しにあうとまで言われる由縁《ゆえん》もそこにあった。

そんな部長に呼び出されたのだから、おれが神妙になるのも仕方ないだろう。

「ずいぶん仕事が忙しいみたいで、けっこうけっこう。工藤くんは新ブランドの企画やらなにやらと本当に優秀だからなぁ」

けれど今日の山岸部長はやけにご機嫌で、ここまで褒《ほ》められると、普段が普段だからおれは逆に気味が悪くなる。なにか、とんでもない難題が待っていそうで。

頬を引きつらせながら笑みを浮かべていると、ようやく本題に入ってくれるようだった。

「工藤くんは、今年何歳になったんだ？」

「二十五歳です」

「そうか、そうか、二十五歳。今、一番いいときだな。顔も今どきのアイドルのようだし、仕事もできるし、これはモテるわけだ。モテるだろ？　ん？　モテるよな？」

「いえ、そんな……」

「だがなぁ、社会人なんだからいつまでも遊んでばかりじゃいかんぞ。男というものは、結婚してこそ一人前と呼ばれるんだからな」

「はぁ……」

困惑《こんわく》気味に相づちをうっていたおれだが、次の瞬間、とんでもないことを聞かされることになった。

「そこでだ。ちょうど、君にいい話があるんだ。こんなご縁はそうそう見つからんと思うぞ。君は本当に運がいい、私も羨《うらや》ましいくらいだ」

「は？」

「お相手は、ほら、先日の江口くんの結婚式に来ていたお嬢さんだ。新婦のイトコで麻子《あさこ》さん、君も見覚えぐらいあるだろう？　きれいなお嬢さんだったから」

「ちょっ、ちょっと待って下さいっ」

山岸部長に一気に畳《たた》みかけるようにしゃべられておれは慌てた。

指さされたスナップ写真の中央には着物姿の女性が写っていたが、それがなにを意味するかおれは理解できなかった。いや、したくないというのが本音《ほんね》だ。

「いったいどういうことですか？　なんの話でしょう」

しぜん、声が低くなったのも仕方ないだろう。

「鈍《にぶ》いな、君も。先日の結婚式で君を見初《みそ》めた女性がいたんだよ。彼女だ、島田《しまだ》麻子さん」

ぎょっとしたおれに気付きもせず、山岸部長は得意そうな顔を見せる。

「麻子さんのお父さんが、なんと島田物産の社長さんでな。私も少々顔見知りなんだ。挨拶に行った折に偶然彼女の言葉を聞いたんだよ。これは私が一肌脱がねばと思ってね。感謝してくれたまえよ、島田物産のお嬢さんなんて、玉の輿《こし》どころじゃないぞ、君」

滔々《とうとう》と聞かされるとんでもない話に、喉が渇《かわ》いていくような気がした。

ようやく訪れた沈黙に、おれは間髪《かんはつ》いれずに口を開く。

「——お断りします」

相手がなにかとやっかいな山岸部長だとわかっていたが、それでもおれはきっぱり拒絶せずにはいられなかった。

「おれには今付き合っている人がいるんです。他の人と付き合うつもりはありません、ましてや結婚なんて今は考えてもいませんから」

当たり前だ。

自分で気付かなかったとはいえ、中学生のときからという長年の思いがようやく実ったばかりなのだ。そしてもちろん、今もこれからも恭二以外など考えられなかった。

だが部長は、断られるとは思ってもいなかったみたいにしばらくぽかんと口を開けていた。が、次第にその表情も変わっていく。眉をつり上げ、顔を赤くして睨みつけてきた。

「ふっ、ふざけるなっ。島田物産のお嬢さん以上にいい相手がいるわけないだろう。結婚を考えられない相手など今すぐ別れてしまえっ」

「申し訳ありません」

ワンマンで、自分の好きに人を動かすことをなんとも思っていないこの部長には何度も泣かされてきたが、今日ばかりは腹が立って仕方なかった。もちろん、それをストレートに表に出すなんてバカはしないけど。

「けれどなんと言われましても、おれは今付き合っている人が一番なんです。他の人など考えられません。部長には申し訳ないのですが、そのお見合いはお断りさせて下さい」

「君は——っ」

けれどぶるぶると震える指を突きつけ、山岸部長はさらに激昂《げっこう》した顔で睨みつけてくる。その顔色は赤黒くさえあった。

今まで見たこともない部長の顔に、背中に冷や汗がにじむのがわかった。

やばい。なんだかとてもやばい気がする。

そう思った瞬間、

「君はっ、君は私の顔に泥を塗る気か——っ」

耳をつんざくほどの怒声《どせい》を浴びせられた。

「君のためを思って見合いを取り付けてやったのに、恩を仇《あだ》で返すというのか？　そんなことは許さんっ。絶対許さんぞっ」

「部長っ」

「君は必ず見合いをするんだ。いや、しなくてはいかん。この見合いは正式に島田物産の社長にも話を通している。これを断るとどうなるか、鈍感《どんかん》な君にもわかるだろう？」

「そんな……」

「これはお願いじゃない、命令だ。もしそれでも断ろうというのなら私にも考えがある」

ぐっと言葉をのむおれに、山岸部長もようやく冷静になってきたのか、今までとは一転して小狡《こずる》そうな表情を浮かべた。

「確か、埼玉《さいたま》工場の資材課が一人人員を欲しがっていたな。しばらく君も忙しかったみたいだから、少しゆっくりするのもいいかもしれん」

いつもの尊大な調子を取り戻し、部長がソファにふんぞり返る。

「もし今回の見合いを断るというなら、今度の辞令では君の居場所も変わるかもしれんな」

ぐらぐらと腹の中で煮えたぎる怒りを必死で抑《おさ》え込む。小さく震えるこぶしをぐっと握り締めた。

「まぁ、そう難しく考えるな。見合いをするだけでいいんだ。一、二回会って、相手の方に断らせてもいいんだから」

「——わかりました」

もうなにを言っても部長は引く気がないことがわかるから、おれも了承するしかなかった。

「けれど見合いはしますが、おれは断らせてもらいますから」

「一回会っただけで断るのは失礼だろう。相手のお嬢さんは君に一目惚《ひとめぼ》れしたんだから、あまりにかわいそうだ」

付き合う気もないのに見合いをする方がよほど失礼だということに気付かないのだろうか。

おれはこれ以上ここにいて下手《へた》なことを言う前にと部屋を辞した。足早に休憩スペースまで来て、周囲に人がいないことを確かめて力任せに壁を叩く。

「冗談《じょうだん》じゃないっ」

打ち付けたこぶしが痛んだが、今はどうでもよかった。

おおかた、山岸部長は相手に対して自分に任せて下さいとか安請《やすう》け合いをしたんだろう。もしかしたらすでにけっこうなところまで話が進んでいるのか。だからあんな強硬《きょうこう》な態度だったのかもしれない。

けれど、おれは見合いなんて冗談じゃなかった。

結婚はできない相手だが、恭二以外におれの心をあんなに揺さぶる人間などいやしない。おれにとっては一生に一度の恋だとさえ思っているのだ。

なのに――。

「なにやってんだよ、おれは……」

もう一度、弱々しく壁を叩いて唇を噛みしめる。

なのにおれは、見合いをすることになってしまった。

恭二になんて言えばいいんだよ……。

『芳人、愛してるよ』

つい先日も、電話であんなに甘く囁いてくれた恭二を思い出して、喉がつまった。

見合いをするという行為、それ自体がもうすでに恭二を裏切っているようでひどく後ろめたかった。心苦しくて、胸がずぅんと重くなる気がする。

やむをえずに見合いをすることになったと言って、事情をわかってくれるだろうか。

何度ため息をついても、その胸の重みが軽くなることはなかった。


「なんでこういうときにトラブっちゃうんだよ。恭二、怒ってるかな」

涼しさの中に肌寒さを感じ始めた夜道《よみち》を、おれは急ぎ足で歩いていた。

目当ての店は、洒落たビルの一階。ドアを開けると、暖房がきいているのかほわっと暖かい空気に包まれる。夜も更《ふ》けた時刻のカフェは、場所柄外国人も多いせいかまるで異国のバールのようだった。

その一角で恭二が本を開いていた。切れ長の目をわずかに伏せ気味にし形のいい唇をゆるく閉じて一心に文字を追う姿は、華やいでいながらもどこか静謐《せいひつ》な感じを抱かせ、おれは自分の胸が大きく波打つのを感じた。

本当にいい男になったよな……。

昔の、ちびっ子だった恭二もおれにとってはとてもかっこいい——でかい男のイメージがあったが、今の恭二はその容姿も中身も文字通りかっこいい男だ。

自分がまさか男を好きになるなんてほんの数カ月前まで思いもしなかったけど、もし今の恭二をその時のおれが見たら、なんの違和感もなくまた好きになってしまう気がした。

「——芳人」

視線を感じたのか恭二が頭を上げ、おれを見つけるとくしゃりと顔をほころばせる。今までの落ち着いた大人《おとな》の雰囲気から一転して、昔の子供時代を思わせる屈託《くったく》のない笑みだ。

隣のテーブルにいた外国人女性が目を丸くするのが少しおかしかった。

「ぁ、遅れてごめん」

つい恭二に見とれて立ち止まっていたことを思い出し、おれは顔が赤くならないよう注意しながら歩み寄る。

「いいよ、芳人を待つ時間だったらオレは少しも退屈しないからね」

しかし恭二が愛しげに口にした言葉に、おれのそれまでの努力は台無しになった。

「なに言ってるんだよ、ばかっ」

今のおれは耳まで真っ赤になっているだろう。

おれをからかって楽しんでいるふうの恭二はいつものことだが、これぱっかりはいつまで経《た》ってもおれは慣れないし、困っていた。

どうしてあんな恥ずかしい言葉を面と向かって口にできるのか。

「芳人、謝《あやま》るからそんな可愛い顔をしないでくれる？　食事もせずにうちに連れ帰りたくなるから」

「だから、そういうことを言うなってのっ。行くぞ、恭二」

隣のテーブルの外国人女性が興味津々《きょうみしんしん》に聞き耳を立てているのに気付いて、おれはたまらず店を出る。後ろからついてくる恭二が笑いをかみ殺しているのが気配でわかってとても面白くなかった。

「いい具合にお腹《なか》がすいてるよ。芳人が知っているって店はこの近く？　本当に嬉しいな、芳人が誘ってくれるなんて」

そんなおれをとりなすように恭二が体を屈《かが》めて顔を覗《のぞ》き込んでくる。

微《かす》かに肩を触れ合わせるような恭二の動きは偶然じゃないはずだ。そんなたわいのない甘えるようなスキンシップに、けれどおれはついドキドキしてしまった。

もう何度も体をつなげているのに、こんな小さな愛のサインにさえおれは胸を高鳴らせてしまう。いや、このなにげない瞬間こそがたまらなく愛しいと感じるのだ。

本当に恭二にはかなわない……。

「ん、そこの角を曲がって――」

が、今日のおれはそうのんきなことばかり考えてもいられなかった。

平日の今日、わざわざ恭二を食事に誘ったのは理由があるからだ。

それはもちろん先日山岸部長に押しつけられた見合いを話すこと。電話で言うなどとてもできなかったから、おれは恭二の休みを狙って呼び出した。美味《うま》い店を見つけたという表向きの理由をつけて。

「それじゃ、ウーロン茶だけど。今日、芳人に会えたことに、乾杯！」

明日は早朝から仕事だという恭二は仕事柄アルコールを控えている。一人だけ飲むのもなんだから、おれもウーロン茶だ。

そのグラスを掲げてくる恭二に、おれも苦笑してカチンと自分のそれを触れ合わせた。

久しぶりに恭二とこうして顔を合わせて、色々と問題を抱えているおれだけど、それでも素直に嬉しかった。先日の逢瀬も約束がキャンセルになりずっと会えずにいたから、最近寂しい気持ちで溢れていたのだ。

もっと会えたらいいのに、と願わずにはいられない。

もちろん休日だけじゃなく、平日も恭二を誘えば一緒にいられる機会は増えるだろう。恭二のことだ。おれが会いたいと言えば今日のように喜んで会ってくれると思う。

が、一般のサラリーマンとは違う恭二の仕事の忙しさやビジネススタイルなどの勝手がわからないおれは、それが本当に恭二のムリにならない程度なのか心配だった。だからしぜん平日の逢瀬は遠慮するようになっていた。

恭二は優しい。おれのわがままもなんなく聞いてくれるけれど、聞いてくれるからこそ、それがどのくらい恭二の負担になっているのかが怖かった。

負担が大きくなれば、やがて恭二に愛想《あいそ》を尽かされるのではないか。

琥珀色《こはくいろ》のグラスを見つめながら、おれは神妙に唇を歪《ゆが》める。

いっそなにも考えないでずっと一緒にいられるように、二人で同じ部屋に住んでしまったらいいんじゃないか？

「……っ」

ついそんなことまで考えてしまい、おれは内心大いに慌てる。

まだ付き合い出して間もないっていうのに、それはまだ早いだろうと気持ちを落ち着かせる。

そして今はそれより、この心の憂《うれ》いを取り除くのが先決だと自分に言い聞かせた。

「へぇ、ポルトガルにも鍋なんてものがあるんだね」

店員が目の前で開けた鉄製の鍋に声を上げる恭二をこっそり見ながら。

美味しいはずの料理なのに、なんだかちっとも味を感じないや。

今日訪れているポルトガル料理の店は魚介類を中心としたメニューが有名で、以前なにかのリサーチの際に偶然知ったお気に入りだった。

恭二とデートをするときはだいたい恭二が食事をする店からなにからエスコートしてくれる。それはそれで楽しいのだけど、おれのおすすめの店にもぜひ連れていきたいと前々から考えていた。

今日はその思いが叶《かな》ったのだが、おれ自身の気分が盛り上がらないせいで、心から楽しめないでいた。

しかし、そんなおれの態度に聡い恭二が気付かないはずもなく。

「なにか、話があったんじゃない？」

場も中盤にさしかかったとき、恭二がさりげなく促《うなが》してきた。

そのセリフに内心ひどく動揺する。

話はある。いつ話を切り出そうかずっと考えていた。けれど、いざ話ができる場が整っても
おれはなかなか口にできないでいた。

「いや、そんなんじゃないよ――…、この前、約束がキャンセルになって会えなかっただろ？

だから……」

なんて、やっぱり違う方向に話を振ってしまった。

だからそうじゃない。言うんだろ、見合いのことを。

おれは自分で自分にダメ出しをする。

「オレに会いたいと思ってくれたの？」

そんなおれの最後の言葉をさらうように恭二に言われた。テーブルを挟《はさ》んで見つめてくる瞳は、やけに甘やかに瞬《まばた》いている。

もちろん、それもあったけどっ。

けれど、それを恭二本人から言われると照れるし、なんだかとても癪《しゃく》に障《さわ》る。

「なんだよ、恭二は会いたくなかったって言うのか」

思わず唇を尖らせてしまった。

「まさか。オレはいつだって芳人に会いたいと思ってるよ」

すぐに恭二が囁くように返してくる。テーブルに置いているおれの手の上にそっと自分の手を重ねながら。

「恭二っ」

そんな大胆な恭二の行動に、おれは仰天《ぎょうてん》して手を引っ込める。テーブルのすぐ脇をスタッフが通りすぎたからでもあった。

「——なにかご注文がありますか？　リゾットなんかもすごくお勧めですよ」

しかしそんなおれの動作が目を引いたのか、行きかけたスタッフがすぐさまひらりと身を翻《ひるがえ》してくる。愛想のいいスタッフの言葉におれは慌ててメニューを取り上げて頼む予定のなかったリゾットを注文してしまった。ひらひらとおれに手を振ってようやくキッチンへと戻っていく少々軟派な男性スタッフに苦笑していたのだけど。

「な、なんだよ」

そんなおれをじっと見ていた恭二があからさまにため息をつくから思わず身構えてしまう。

「芳人が今みたいに会社でも他の人間を魅了していないか心配になってきた。その目でじっと見つめられるとゾクゾクするって、オレは何度も言ったよね？　芳人の大きな瞳は凶器なんだって、そろそろ自覚して欲しいな。ほら、さっきの店員は君ばっかり見つめてる」

視線に促されて顔を上げると、カウンター前にいたバンダナを巻いたさっきのスタッフと目が合い、また笑顔で手を振られてしまった。

「芳人、ダメ。オレ以外の男をその目で見ないで」

そんなおれの腕をテーブルの下でやんわりと摑《つか》んで、恭二が意識を戻す。

おれの視線を縫いとめる恭二の目には小さな嫉妬の炎がちらついていた。鮮やかなその炎にこそ魅入《みい》られたように、おれは恭二を見つめてしまっていた。

「――ばか。おれが他のやつとどうにかなるわけがないって、恭二が一番よく知ってるだろ」

ようやく視線を外して小さく呟くと、恭二が嬉しそうに顔をほころばせる。

おれは別に男が好きなわけじゃないんだぞ。

恭二だから好きになったんだ。

そんな思いを込めて口にしたせいか、テーブルの向こうからはやけに甘ったるい空気が漂《ただよ》ってくる。

「――芳人」

そして、他の誰にもまねできない独特の言い方でおれを呼ぶと。

「ね、今日は泊《と》まれない？　このまま、オレのところにさらってしまいたいな」

テーブルに頬づえをつきながら恭二が蠱惑《こわく》的な眼差《まなざ》しを送ってきた。

「…え、あの、でも明日は早朝から仕事だって言ってたよな？」

確か、午前五時とか五時半とか、そういう信じられない時間にショウアップという出社の時間だと聞いたけど。

おれは期待半分心配半分で尋《たず》ねると、

「芳人と一緒にいられるなら、オレは眠らなくても平気なんだよ」

恭二はなんでもないことのようににっこり笑って言った。

その恭二の言葉を嬉しいと思いながらも、いつもの甘やかすような言葉に胸が切なくなる。

「んーん、今日は…やめておく」

おれはそう言わずにはいられなかった。

ほら、恭二はおれが相手だとどこまでだってムリをするんだから……。

「芳人、もしかしてオレに遠慮してたりする？　そんなことは考えないで欲しいな、もっとわがままを言ってよ。甘えて欲しいよ」

しかし、今日は珍しく恭二が言葉を重ねてきた。

「ちっ、違うって。そうじゃなくて、仕事を持ち帰ってるんだ」

もっともらしい言い訳が本当にあってよかったとふくらんだカバンを見せつける。

実際、別件で起こったトラブルに今日一日ずっと関わっていたせいで、自分の仕事がまったくできなかったこともあり、資料を持ち帰っているのだ。

「そう、じゃ、しょうがないよね。今日はさっきの言葉を聞けただけで満足しておくことにするよ」

恭二は残念そうに瞼《まぶた》を伏せた。

今の今までただ食事をして帰るだけのつもりでいたのに、恭二に泊まれないかなんて言われたせいで、おれはこの後恭二とは別々の部屋に帰らなければいけないことが急に切なくなった。自分で断ったにもかかわらず。

さっきの思いつきじゃないけど、いっそ本当に一緒に住めたらいいのに――…。

しかし、腕時計にちらりと見えた時間におれは気を引き締めた。

今日は話すことがあるのだ。それを言わずして帰れないのだと自分に言い聞かせる。寂しがったり恋しがったりするのはその後にしよう、と。

「なぁ、恭二」

そして、おれはあくまでさりげなく口を開いた。

「おまえさ。この前の結婚式のとき、あんな派手なスピーチとかして後が大変だったんじゃないのか？『うちの娘の婿《むこ》にぜひ』とか、話が来なかった？」

この店の名物である魚介の鍋からムール貝を取りながら、ようやくおれの考えている方向へと話を向かわせることに成功した。

実はおれに見合い話が来るくらいだから、恭二のところにも来ているのではないかと少々心配していたのだ。スピーチもなにもしなかったおれに対して、恭二は見栄《みば》えもするキャビンアテンダントの制服を着て朗々とアナウンスを行っていたのだから。

案《あん》の定《じょう》、恭二が少し憂鬱《ゆううつ》そうに頷いた。

「そうだね、いくつか来ていたかな。けどこれも職業柄っていうのかな、実は普段からもよく話はあるんだ、おれの周囲も含めてね。お客さまから、うちの息子の嫁にとか女性キャビンアテンダントが口説《くど》かれているのは何度も見たことがあるし、実際おれも何回か口にされたことがある。冗談も含めて本気もいくつかね」

「ええっ」

初めて聞いた話におれは声を上げる。

そんな驚く姿に、恭二が少し悪戯《いたずら》っぽく唇を引き上げた。

「一度なんて、見合い写真と釣書《つりがき》持参で会社までいらっしゃった老婦人もいたな」

「そ、それで——っ」

おれが思わず身を乗り出すと、恭二はたまらず声を上げて笑った。

「もちろん、その場で丁重《ていちょう》にお断りしたよ。芳人がいるのによそ見なんてできるわけがないんだから」

恭二の柔らかいこげ茶色の瞳がおれを愛しげに見つめる。

色香を含んだ恋人の眼差しに胸がどきりとするのとは別に、当然のように見合いを断ったと口にする恭二におれは頰を打たれたような衝撃を受けていた。

おれは断れなかった……。

「芳人？」

動きを止めたおれを見て、恭二が怪訝《けげん》な顔を向けてくるからとっさに顔を背《そむ》ける。

「ふ、ふうん。あ、来た来た。これが食べたかったんだ」

ちょうどそこに新しい料理を掲げた店員がやってきて、おれはほっとして話題を変えた。

心臓がやけにいやな音を立てていて、息苦しい気がした。指先がひどく冷たい。

おれは見合いを断れなかった。もちろん実際は何度も断ったけれど、結局押し切られて見合いをすることになってしまったのだから同じことだ。

それがとても不誠実だと思った。

今の、断るのが当然とばかりの恭二を見たあとで、おれは自分が見合いをするなどとても言えなくなった。

言えるはずがない……。

「——オレになにか言いたいことがあるなら聞くよ？　ううん、聞かせて欲しい」

しかし、懸命にポーカーフェースを装《よそお》っているはずなのに、わずかに眉を寄せた恭二はそう突っ込んでくる。

「ないよ。なにも……ない」

聡い恭二だからごまかせないとは思ったが、理由もなく強く押してくることはないとも知っているので、今はそれをいいことにおれはなんでもない態度に徹した。

「なにかデザートが食べたくなった。エッグタルトがいい。ここで焼いてるから美味いんだぜ」

メニューを取り上げたおれを恭二はじっと見ていたが、最後にはため息をついて一緒にメニューを覗き込んできた。

その恭二のため息が、なぜかふっとおれの胸に重さとして落ちてきたような気がした。

残念なことに、おれの迷いと焦燥《しょうそう》をよそに見合い話は着々と進んでいる。

しかし恭二には、見合いがあさってと迫《せま》った今にいたっても、おれはなにも口にできずにいた。

恭二とは相変わらず会えずじまいなのだ。電話では何度か話したけれど、後ろめたくて会話が途切れがちになって焦った。

恭二はすっぱり断った見合いを、おれは断れなかった。立場の違いはあれど、それができなかったおれは恭二に申し訳が立たない気がする。

いっそ恭二に黙ったまま見合いをして、おれがきちんと断ればいいのではないか。

そんな邪《よこしま》なことも一時は考えたが、それはさらに不誠実だし、なにより恭二を裏切るようで胸が苦しくなった。

おとといは正式に見合い相手の写真と釣書なんてものをもらってしまった。

なんと、相手はまだ二十一歳の学生だという。お嬢さまである彼女は親の希望もあり、卒業後は職に就かずにそのまま家庭に入りたいらしい。

きれいと言うよりまだあどけなさが残るような可愛い感じの女性だったが、どんなに写真を眺《なが》めていてもおれの気持ちが動くわけがない。

見合いが順調に進んでご機嫌な山岸部長とは違って、絶不調なおれだった。

「はぁ……」

重い胃の辺りを押さえながらため息をつく。

仕事の方でも問題が山積みで、おれはここ一週間ほど夜遅くまで残業続きだ。

そういう意味では恭二のことばかりを悩んではいられないと気が紛《まぎ》れたが、単に問題を先送りにしているだけだから、時間が経つごとに強迫観念《きょうはくかんねん》が強くなり、ここ数日はきりきりと胃が痛むようになっていた。

「工藤さん、大丈夫ですか？　今日は昼食も残してましたよね」

一緒に外回りに出ていた小野田が心配げに覗き込んできたが、おれは平気だと笑ってみせた。が実際、小野田の言う通り昼食は軽めのソバを注文したのにまだ胃の辺りが重い。

忙しかったり色々抱えすぎたりすると、おれはすぐに体調にくる。そんな神経が細かすぎる自分が少し嫌だった。

「少し胃の調子が悪いだけだよ」

そう言いながら、ドリンクディスペンサーに硬貨を入れボタンを押そうとしたが、その前に待ったがかかる。

「胃が悪いのにブラックじゃダメですよ、せめてミルク入りにして下さい」

太い指がおれの指しているブラックコーヒーの隣のボタンを押す。

「あっ」

すぐにディスペンサー内でコーヒーを作る音がして、おれはおせっかい男を振り返った。

「え？　あっ、すみませんっ。でも、あの……」

が、急に慌てたように胸の前で両手を振る小野田の姿に、おれも最後には苦笑がもれてしまったのだけど。

「――おっと、いたいた。工藤に小野田、お疲れぃ！」

そんなおれ達をハイテンションに呼ぶ声があった。振り返ると、しばらく見なかった先輩社員の江口が歩み寄ってくるところだ。

「お疲れさまです、江口さん。今日からだったんですか？」

先日、おれや恭二も出席した結婚式の新郎その人だ。

式後ハネムーンに行っていた江口だが、どうやら今日から出社らしい。土産《みやげ》だと定番のチョコレートを渡された。

「――へぇ、きれいな海の色ですね」

のんびりできるところをとの奥さんの希望でアジアンリゾートを選んだと写真を見せてくれる江口は、文字通り羽を伸ばしてきたらしく真っ黒に日焼けしていた。

「そんなことより、工藤。おれは聞いたぜ？　おまえ、見合いをするんだってな」

ニヤニヤと笑って肩をぶつけられ、おれはぎょっとする。

「どうしてそれをっ」

「えっ」

驚くおれだが、隣で小野田も驚愕《きょうがく》したようにおれを見たのが目の端に映った。

見合いに関しては、あの山岸部長にさえ口止めをお願いしていたのに。

「うちの奥さんから聞いたんだよ。真理子のイトコに当たる女の子がおまえに一目惚れしたって。そこにあの部長がしゃしゃり出てきたらしいじゃないか」

その話を聞いておれはため息がもれそうになった。

そうだ。そっちにも情報源があった。

「真理子がおれに聞いてきたんだよ、おまえの人となりってやつをさ。妹みたいに可愛がっている子らしいから」

「――それで、江口さんはなんておっしゃったんですか?」

「おう、ちゃんと宣伝してやったからな。仕事もできて、誰とでもすぐ仲良くなれる明るいやつだって」

バチンと音がするほど見事なウィンクをされて、おれはなんとも言えない気持ちになる。

ここは礼を言うところだろうか。

けれど、すぐに思いついたことがあって顔を上げた。

「あの――っ」

江口に頼むことによって婉曲《えんきょく》に見合いを断れないかと思ったのだ。

が、それをおれが口にするより早く――。

「真理子のイトコもずいぶん楽しみにしているらしいぞ。母親も乗り気らしいからな。おまえ、このまま玉の輿に乗っちまえよ。なんていったって、あの島田物産のお嬢さまだからな」

江口から応援の言葉をもらってしまった。

おれは視線を逸らして、ぐっと奥歯を嚙みしめる。

もう後戻りはできないところまで進んでいることを再確認して、しばし忘れていた胃の痛みがまたぶり返してきた気がした。

「——工藤さん、見合いをされるんですか？」

江口が去っていくと、それまで黙って横に立っていた小野田が恐る恐る声をかけてくる。

そうだった、こいつがいたんだ。

「本当は喜ばなきゃいけないんでしょうけど、俺、工藤さんのことは敬愛しているから、なんかすごいショックなんですけど。もう少し俺らの工藤さんでいて欲しいというか」

やけにしょんぼりと肩を落とした小野田にストレートに好意を示されて、おれはとっさに表情を取り繕《つくろ》うことができなかった。耳まで赤くなってしまい慌てる。

「なっ、なにを言ってるんだっ」

「工藤さん、なんか可愛いー……」

が、ぼそりと小野田が呟いたセリフにおれは目をむく。ようやくポーカーフェースを取り戻して睨みつけると、慌てたように視線を逸らしていたが。

「変なことを言ってないで、仕事だ仕事。小野田は今日帰るまでに午前中のリサーチ結果をまとめて提出するように」

「ええー、あれは明日の昼までにってさっき……いえ、わかりました」

不承不承《ふしょうぶしょう》頷いた小野田に、おれは心の中でふんっと鼻を鳴らした。

それにしても、見合いのことを江口に知られたからには明日には会社中に広まっているかもしれない。

滑《なめ》らかすぎる口の持ち主である先輩を思い、おれは頭まで痛くなる気がした。


「工藤さん、そろそろおれの方は終わりですけど」

「——あぁ、もう九時前か」

声をかけられておれは顔を上げたが、デスクにはいぜんファイルがうずたかく積み上がっていて、今日中に終わりそうにはなかった。

ここ最近、仕事が思うようにはかどらないな……。

こめかみを揉みながらため息をもらす。

普段ならこの時間でもまだ多数の社員が残っているのに、今日は金曜日のせいか、夕方の会議が終わるや否《いな》や皆さっさと帰っていった。ブースに残っているのは、おれと小野田くらいだ。

「悪い、おれはもう少しかかりそうだから先に帰ってくれていいよ」

「なにか手伝いますよ。ただでさえ工藤さんは色々抱えすぎているのに、俺のサポートまで手を抜かずにやられるから働きすぎです。それに最近は少しムリをされていませんか？　顔色も悪いですし。少しは俺にも手伝わせて下さいよ」

おれの欠点、いやもう性格なのだろうが――人に任せるのが苦手でなんでも自分でやろうとするところに気付いているような小野田の口ぶりに、なんだかなと苦笑する。

しかも、それが最近空回《から》りしがちであることにも気付かれているなんて。

普段だったらそんな様子など気付かせないのに、心身共に疲れているせいか、しらずガードが緩くなっていたのかもしれない。

どっちにしろ、この山積みの仕事が今日中に終わるわけはないし……。

さっきから集中力が途切れがちだったおれは、書類の山を見てはっと短く息を吐いた。

「……いや、今日は帰るか」

「いいんですか？」

「何事も諦めが肝心だろ」

パソコンをシャットダウンして、大きな伸びをする。

「小野田も夕飯はまだだよな？　行くか、いつものとこ」

「はいっ」

椅子にかけていたジャケットをはおりながら振り返ると、元気のいい返事が返ってきた。が、すぐに戸惑ったように顔を曇《くも》らす。

「でも、いいんですか？　確かお見合いって明日なんじゃ……」

「なんで小野田が日にちまで知ってるんだよ」

目を瞠《みは》るおれに、小野田がしまったというふうに顔をしかめた。

「その、江口さんが室長と話しているのを聞いて」

「そんなことまで話してたのか……」

おれはがっくりと肩を落とす。

昨日の心配通り、今日会社に来るとおれの見合い話はすでに社内中に浸透していた。

女性社員からはなにか言いたげに見つめられるし、男性社員からはやけにねちっこい視線を投げられる始末。

おれだって好きで見合いをするわけじゃないのにっ。

そう叫びたいのをぐっと我慢して、なんとか今日一日をやり過ごした。

けれど日にちまで広まっているとしたら、来週明けはもっとうるさいかもしれないなとげんなりする。

「――小野田、今日は飲むか」

「えぇっ」

「確か飲めたよな、小野田は。じゃ、奢《おご》るから付き合えよ」

大人しくご飯を食べて帰るだけのつもりだったが、なんだか気がおさまらない。

幸いなのかどうかわからないが、明日の見合いは午後からだ。

今夜は少し飲んで嫌なことなど忘れてしまえと、小野田を引っ張って行きつけの居酒屋へ駆け込んだ。


行きつけにしている店は、居酒屋と名はついていながらもすべての席が半個室になっているデート向きのダイナーだ。が、いかんせんビジネス街にあるせいか、客はおれ達のようなビジネスマンがほとんどだった。店側も最近は諦めてしまったのか、メニューもビジネスマン向けのボリュームを重視したものへと変更されていて、実際おれもお得意さまの一人だ。が、今日ばかりは料理よりも酒の方に手が伸びてしまっていた。

「工藤さん、もう今日はそのくらいにした方が……」

それでも普段であれば酔う量ではなかったが、体調が万全ではなかったせいか、小野田に声をかけられるまで自分が酔っていることに気付かなかった。

まずい、なぁ……。

しかも、普段なら酔ってさえも緩まないはずのガードが、さっきから緩みかけている気がする。素のままの自分がだだもれになっているというのに、もう見られてもいいかなんて思ってしまうのは、やばいところまで酔いが回っている証拠《しょうこ》かもしれない。

そんなおれを見て小野田が目を白黒させるのが逆に楽しくてならないのだから。

「今日はメチャクチャ酔ってますって、ヤバイですよ、工藤さん。なんかすごい可愛いんですけど。あぁ、だからそんな唇を尖らせたりなんかしたら、俺……」

「可愛いってなんだよ。小野田、先輩に対して生意気だぞ」

むっとして上目遣《うわめづか》いに睨みつけると、おれの睨みがきいたのか、L字ソファの向かいに座る後輩がやけに焦ったように目を逸らすから、少しだけ胸がすいた。が、しばらくすると心配なのか、小野田の視線がまた戻ってきた。気遣わしげに眉を寄せている。

「――なにか、ありましたか？　ちょっと前までの工藤さんって、昔に比べてずいぶん柔らかい表情をされるなって思ってたのに、ここ数日またぴりぴり張りつめた雰囲気ですよね」

こんなふうに本人に向かってなんの意図《いと》もなくストレートに物を言い、心から心配してますという目で見つめるから、小野田はワンコだって言われるんだ、とおれは苦笑する。

そして小野田のセリフには少し驚いていた。

「柔らかい表情って、おれは……」

いつだってポーカーフェースを装っていたはずなのに、と。

「江口さんの結婚式の時、久しぶりに工藤さんと顔を合わせたじゃないですか。俺、すごいびっくりしたんですよ。あの時の工藤さん、メチャクチャ優しい顔をされていたから」

「え……」

「他のみんなも言ってました。前よりはるかに雰囲気が優しいというか、構えがなくなったって。だから最近なにかいいことがあったのかって女性達が俺に尋ねてくるから大変でしたよ。でも、ここ数日はまた――」

もしかして、それはおれが恭二と付き合いだしてからだろうか。

そう考えるとなんだかとても感慨深い気がした。

昔、依怙地《いこじ》で素直になれなかった中学生のおれに根気強く話しかけ、周囲と馴染《なじ》ませてくれたのも恭二だったのだ。

胸がじんと熱くなる気がした。

恭二――――…。

「工藤さん？　どどど…どうしちゃったんですかっ？」

気付けば、目から熱いものがぼろぼろとこぼれ落ちていた。

しらずおれを変えてしまうような恭二が、ひどく恋しかった。今ここにいないことが切なくなるくらい。

「っ…わ……っと」

どこか呆然《ぼうぜん》とするような眼差しを向けてくる後輩に、おれは顔を背けようとするが、酔いが回っていたせいか、体ごと倒れそうになった。それを危《あや》ういところで身を乗り出してきた小野田に助けられる。

大きな体で抱き起こされると、その体温からますます恋人の恭二が思い出された。

恭二、今頃なにをしてるんだろう。

「工藤さん？　大丈夫ですか？」

おれはなにをやっているのかな、こんなところで。会いたいのに会いたいって言えず、もっとベタベタに甘えたいのに甘えられず。見合いのことも、きちんと相談できずに……。

おれってもしかして、恭二に対してこそポーカーフェースを取り繕っていたのかなぁ。

ふっと、おれはそんなことを思いついていた。

好きだからこそ、嫌われたくないからこそ、仮面を貼り付けてしまっていたんじゃないのか。

そうしてムリをしていたからこんなに苦しかったんだ。

「ふ……」

ようやく気付いたそのことに、自嘲《じちょう》がこぼれ落ちる気がした。

いや、今からでも遅くない。恭二に会いに行って、見合いをすることを謝るんだ。素直に気持ちを口にして、あの優しい腕に甘えよう。

そう決意すると、体からふっと余分な力が抜ける気がした。涙もおさまっていく。

「――工藤さん、もしかして、明日のお見合いが嫌だったりします？」

しかしそんなおれに、小野田の抱く腕の力がほんの少し強くなった。

声の近さに今自分がどういう状況か思い出し、いつまでも小野田の腕の中にいるわけにはいかないと思いながらも、体はいうことをきかない。瞼もとても重かった。

「まぁ…な。でもしなきゃ、おれは埼玉工場の資材課へ異動なん…だ……」

「えっ、もしかして間に入っている山岸部長に無理やりお見合いさせられるってのが真実だったりしますか？　そんなのダメですよっ、誰か——そうだ、室長に掛け合ってみましょうよ。もしくは、もっと部長より上の誰かに」

掛け合ってどうするんだよ。もう見合いは明日に迫っているのに。

それに、あのワンマン部長に今までおれ達が勝てた試しがないじゃないか。

「えっと、工藤さん？　もしかして寝ちゃってます？」

小野田の声がやたら遠くに聞こえてくる。

寝てないよ、おれは起きてるぜ。

そう返事したかったのに、なぜか唇は動かなかった。

今から恭二に会いに行って、見合いのことを謝らなきゃいけないのに。

「工藤……さん？」

いたわるような指が、目元にそっと触れる。

その濡れた感触に、そうだ、自分は泣いたんだと思い出した。

これだから、恭二から泣き虫だって言われるんだ……。

恭二の優しい声が聞こえたような気がしたが、おれの意識はそのまま闇の中へと沈んでいった。


ガタンっと、なにかに乗り上げたような振動にふっと目が覚《さ》める。

「あ、起きましたか？　もうマンションの前に着きますよ」

すごく近くから声が聞こえてぎょっとすると、おれは小野田に抱かれるように腕の中にいた。

「あ、ごめんっ」

慌てて体を起こそうとするが、それを止めるように小野田の手がぐっと肩を掴む。

「小野田？」

「工藤さん、自分がふらふらなのを自覚してないでしょ。いいですから、もうちょっと俺に凭《もた》れてて下さい。道路工事をやっているみたいで、ちょっとガタガタしてますから」

その言葉に、おれは車窓《しゃそう》を見た。ちょうど行きつけにしている近所のコンビニを通りすぎたところで、角を曲がったら自宅のマンションが見える。

「うわ、悪かった。こんなところまで送らせて」

小野田の家も同じ方向とはいえ、少し遠回りになるのは確かだ。

今まで会社の人間の前で眠りこけるまで酔っぱらったことなどなかったから、思わぬ失態《しったい》におれは軽くショックを受けていた。

しかも、おれは小野田の前でぼろぼろ泣いたんじゃなかったか？

それを思い出して耳まで熱くなる。

タクシーの中が暗くてよかったとつくづく思った。

「さ、降りて下さい」

けれどおれが考え込んでいるうちにタクシーはマンションの前で止まっており、さっさと代金を支払った小野田に背中を押されてしまった。

「おい、小野田」

「部屋まで送りますよ。そんなにふらふらじゃ、部屋までたどり着くか俺が心配ですからね」

恭二に会いに行こうと決意したことも思い出していたから、このまま恭二の部屋へ行きたかったが、考えてみれば今は深夜に近い。この時間から恭二をたたき起こすより、明日の朝一番に行った方がいいだろうと考え直す。確か、明日はお昼前からのフライトだったはずだから。

「悪いな、小野田」

意識はわりあいしっかりしていたが体にはまだかなりの酔いが残っていて、おれは小野田に抱えられるようにマンションのエントランスを抜けた。

「いいんですけど、工藤さん、少しウェイト軽すぎませんか……ったぁっ」

失礼なことを言うワンコに鉄槌《てっつい》を下すくらいには酔いはさめているつもりなんだけど……。

「――工藤さん、お見合いはそんなに嫌ですか？」

エレベーターから降りて部屋の前までたどり着いたところで、小野田が急に聞いてきた。

「え、嫌って？」

「工藤さんが、あんなふうになるのを初めて見ました。酔っぱらって、涙を流すなんて。俺、俺っ、お見合いをぶっ壊《こわ》す手伝いだったらなんでもやりますからっ」

「ええっ」

ぶっ壊すってなんだよ。おれは最初から断るつもりなのに。

しかし、それ以上に焦ったのが感極まった小野田に抱きしめられていることだ。

「小野田、ちょっと待って。落ち着いて」

「俺、さっきずっと工藤さんの顔を見てたんです」

「今度はなんの話……」

「俺、前々から工藤さんのことが気になって仕方なかったんです。でもそれは、いつも気を張りつめさせて一人で邁進《まいしん》するのがかっこいいなって憧れの気持ちでした。あとは、もう少し頼って欲しいなっていうモヤモヤもありましたけど。あ、あと最近たまに見せる笑顔がなんでかドキドキするなって」

興奮しているのか、小野田の声がどんどん大きくなっていく。

「でも、さっきの酔っぱらった工藤さんを見ていたら、違う気持ちが胸にどかんときたんです。俺、俺っ、たぶん工藤さんのことが――――っ」

ガチャンッ、とドアが勢いよく開く音がしておれと小野田ははっとした。振り返ると、目の前にあったおれの部屋のドアが開いている。そして、そこから出てきたのは恭二だった。

「え？　どうして？」

なんで恭二がおれの部屋にいるんだ？

確かに合い鍵は渡しているが、約束もしていないのにおれの部屋で恭二が待っているなんてことは今までなかった。

しかも、いつもの柔らかい恭二の顔じゃない、やけに表情を削《そ》ぎ落とした冷たいともいえる顔でおれを見ているのだ。その眼差しはきりきりするほど尖っていて、おれの喉はしらずごくりと音を立てていた。

「なにしているの、そんなところで。こんな遅くに廊下で大声を上げるなんて近所迷惑じゃないかな」

「あ……」

瞬間、おれが小野田と抱き合うような形でいることにようやく気付き、おれは小野田の胸を押しやった。けれど、だからといって酒の回った体がすぐに回復するわけではなく、急に支えを失ったことでおれは背中から廊下に倒れそうになる。

「ぅわっ」

「工藤さんっ」

転《こ》けるっと思ったが、その前に背中からがしりと支えられていた。

「危ないな、芳人は。飲みすぎだよ。君は芳人の後輩かな？　ここまで芳人を送ってくれてありがとう、ご苦労さまでした。後は大丈夫だから、君も気をつけて帰ってくれ」

長い腕でおれを胸に抱えたまま、恭二が手を伸ばしかけていた小野田にねぎらいの言葉をかけた。穏《おだ》やかな口調だったが、恭二の声には一片《いっぺん》の温かみもなかった。

「あの、恭二……」

「なに？　まさか後輩くんをこれから部屋に招待するなんて言わないよね？」

恭二が怒っている。

今まで見たこともないくらい憤《いきどお》っている恭二の様子に、心臓が大きな音を立てて打ち始める。

「工藤さん、あの、俺——」

「お、送ってくれてサンキュな、また会社で」

なにか言いたげな小野田に、今はなにも言ってくれるなと願いながらおれが幕引きの言葉をかけると、話は終わったとばかりに恭二に引っ張られていた。それこそ抱きかかえられるように部屋の中へ連れていかれ、玄関の扉が背後で閉まった瞬間——。

「恭っ……んっ、ぅ…っん」

奪うようなキスをしかけられていた。

勢い余って背中が玄関の扉に当たったが、それでも恭二のキスはやまない。

むりやり快楽を引きずり出すような強引な口づけだった。

口内を蹂躙《じゅうりん》する激しさで恭二の舌が蠢き、おれのそれに絡めるときつく吸い上げる。熱と痛みと快感がない交ぜとなった恭二らしくない、キス――。

「っは……ぁ、は……」

ようやく恭二の唇が離れたのはおれの体がぐにゃぐにゃになってから。酔いもあったけれど、それ以上に膝に力が入らずおれは玄関にくずおれてしまった。

「恭……二？」

「オレと会わないときは、彼にあんなふうに甘えているの？」

そんなおれを見下ろしながらようやく恭二が口を開いたと思ったら、出てきたセリフはそれだった。

嫉妬、してる……？

それに思いいたると、おれは慌てる。

「誤解だよ。あいつは会社の後輩で――」

「その会社の後輩と、携帯にも出ないでいったいなにをしていたのかな」

おれの言い訳を遮《さえぎ》るように恭二がさらに言葉を紡《つむ》いだ。

「携帯？　あっ」

冷え冷えとした視線に、おれは慌ててポケットから携帯電話を取り出す。

そうだ、確か今日――。

「ご、ごめん。夕方に会議があってその時にマナーモードにしたまま――」

携帯には確かに、恭二からの連絡が何件も入っていた。

こんなに何度も連絡をくれていたなんて……。

「後輩くんに抱かれてうっとりしてたね。彼も、芳人にベタ惚れみたいだし。最近オレに会いたいって芳人が言ってくれないのはあの後輩くんがいるから？」

「なっ、うっとりなんかしてないっ。ちょっと酔っぱらって抱えられていただけだよ。それに会いたいって言ってくれないって、なんだよ、その言い方っ」

まるで会いたいっておれが言うのを待っていたみたいに聞こえる。

おれだって言いたかったよ。けど会いたいって、いつでも会いたいんだって、恭二が大切だからこそ口にできなかった。わがままを言って恭二を困らせたくなかった。

それなのに……っ。

じんわり涙が浮かんでくる。

「それはだって、恭二が――っ」

仕事仕事って、いつもおれより仕事を大事《だいじ》にしている口ぶりだから言えなかったんだろっ。

「――それに、どうしてオレに見合いをするって言わなかったの?」

しかしそれを口にする前に恭二が言ったセリフに、おれははっと言葉をのみ込んだ。涙も一気に引っ込む。

「しかも、その見合いは明日だそうだね」

「ど…どうして、それを……」

「先日結婚した高田さんが――あぁ、今は江口さんだけど、彼女が教えてくれたんだよ。芳人に一目惚れしたイトコの話を。オレは芳人の親友だって彼女に思われているからね」

あぁとおれは思わずため息のような声がもれていた。それを聞いて、恭二が片眉を上げる。

「やっぱり秘密にするつもりだったんだ。オレに黙って見合いをして、どうするつもりだったの? 本当はこのまま結婚するつもりだとか言わないよね」

「恭二」

「好きだって言葉もなかなか言ってくれないし、付き合い始めてからは甘えてもくれない。芳人はまだオレのことを好きでいてくれてる?」

「恭二っ」

「さっきの男にあんなふうに甘えられるから、オレにはわがままを言わなくなったのかな」

「いい加減にしろよ、恭二っ。なんでそんなにねちねち言うんだよ。さっきのは誤解だって言ったろ。それに、おれだって好きで見合いをするわけじゃないんだ。あれは仕方なく――」

「仕方なくなんて、江口さんのイトコに失礼じゃないかな」

冷ややかな顔で言われて、かっと胸の奥が燃え上がった気がした。

「じゃあ恭二はっ、おれに喜んで見合いに行けっていうのかっ」

気付いたら、おれは声を張り上げていた。さっきまで使い物にならなかったはずの足で立ち上がり、きつく恭二を睨みつける。

「そうじゃないよ。見合いをすると決めた以上、誠意をもって臨《のぞ》むのが普通なんじゃないかって話。それができないのなら、そもそも見合いなんてするべきじゃないんだ」

「そんなことわかってるよ。わかってるけど、どうにもならないってことがあるだろっ」

「どうにもならないことって、なに？　オレにはわからないよ。恋人がいるのに、見合いをしようとする芳人の気持ちはもっとわからない」

拒絶するような恭二の冷たすぎる怒りに触れ、目の周りが熱くなる。

「もうわかったよっ、ちゃんと誠意をもって行けばいいんだろっ」

こぼれ落ちる前に涙をこぶしでぬぐうと、泣きぬれているだろう目で、それでも恭二をぐっと見据えた。

「おれは明日見合いに行くからなっ」

売り言葉に買い言葉だ。

ずっと見合いのことで呵責《かしゃく》を感じていたけれど、今はそんな気分もすっかり吹き飛んでいた。

「芳人、本気で言ってる？」

恭二がきつく咎めてくるが、それを振り払うように声を大きくした。

「だいたい、恭二はどうしてここにいるんだよ。おれに見合いのことを聞くためじゃなかったのか？　それなのに、どうして見合いのことを聞こうとはせずに、さっきから一方的に責《せ》めてばかりいるんだよっ。なんにも知らないくせに。おれが見合いのことでどれほど苦しんだか、恭二は全然知らないくせにっ——」

「芳…人……」

恭二がそこで初めて動揺した顔になっていたが、おれはそんな恭二をはっしと睨みつける。

「恭二が言ったんだからなっ、仕方なく見合いに行くなんて失礼だって。だからちゃんとこれからのことも考えたうえで、明日の見合いには臨むつもりだ。これでいいんだよな？　満足だろ。悪いけど、明日の見合いに差し支えるから、もう帰ってくれよ」

「芳人っ」

「帰れって。帰れよっ」

おれは玄関のドアを開けて恭二の背中を押し出す。扉を閉めようとする前に、しかしガッと手が挟まりそれが止められた。

「芳人、本当に見合いに行くつもりなの？」

狭いドアの隙間《すきま》から恭二が見据えてくる。その真《ま》っ直《す》ぐな眼差しにおれは一瞬たじろいだ。

「——行くんだよ。行かなきゃ、いけないんだ」

それでもおれはそう答えざるをえなかった。

瞬間、恭二の瞳に傷ついた光が瞬く。それは鋭い刃のようにおれの胸の奥深くまでつき刺さってきた。けれどぐっと奥歯を噛んで痛みをこらえると、おれは恭二の手を払いのけて扉を閉めた。すぐに鍵を閉め、チェーンをはめる。

恭二がまた声をかけてくるかと思ったが、いつまで経っても扉の向こうは静かなままだった。しばらくしてようやく靴音が遠ざかっていくのが聞こえたが、それが聞こえなくなっても、おれはその場から動くことはできなかった。

「うわ、ひどい顔……」

気付けば、ほとんど一睡《いっすい》もできずに玄関で夜を明かしてしまっていた。

ぎしぎしと音を立てる疲れた体をシャワーを浴びることで立て直そうとしたけれど、回復にはほど遠かったようだ。

バスタオルを頭からかぶって鏡を覗くおれは、湯上がりのはずなのにひどく顔色が悪い。最近の体調の悪さもたたって、下手をすると病人のように見えた。

一晩中、ずっと恭二のことばかり考えていた。もうダメなのかもしれないと、涙まで出た。土壇場の昨日まで、見合いのことを黙っていたおれが悪いのはわかっていた。けれど、騙《だま》すつもりなんてなかったのだ。ちゃんとおれの口から見合いのことは話すつもりだったのに。

「なんでこんなことに」

あまりのタイミングの悪さが恨めしくなる。同時に、切なさと自己嫌悪《じこけんお》にひどく胸が苦しかった。

そっと嘆息《たんそく》をもらして、ダイニングにある時計を肩越しに見やる。

見合いは二時からだ。シャワーを浴びてしばらくぼんやりしていたからか、移動のことも考えるともうあまり時間の余裕はなかった。

「……っし」

パンッと勢いよく両手で頬を叩くと、ほんの少し顔に赤みが戻ってくる。それを見届けておれはバスタオルを放り投げた。

用意していたスーツに着替えると、遊びの少ない腕時計に手首を通す。

「あっと、携帯は……」

ベッドに投げ出していたスーツから携帯電話を取り出し、しかしそこでおれは動きを止めた。

開いたフリップに見えた着信ありのマークに、唇を噛む。

マナーモードは解除したが、手の中のそれは昨夜からうんともすんとも言わなかった。並んでいるのは、昨夜恭二が何度も電話をくれたという履歴だけだ。

いくつも並んでいる恭二の名前を見つめるうちに、おれは次第にうなだれる思いがした。何度も何度も、電話をくれた恭二の気持ちがようやく今になって伝わってくる気がしたのだ。

おれが見合いをすると聞かされたときの、愕然《がくぜん》とする恭二の気持ちが。否定して欲しいと、きつく責め立ててしまう切迫《せっぱく》した思いが。

「……っ」

おれだって、恭二がこっそり見合いをするなんて聞いたら我を忘れてつめ寄ってしまうだろう。おれがいるのに、どうして見合いなんてするのかって。

恭二が好きで、好きで好きで他の人間なんかに絶対渡したくないって思うから。

恭二だっておれと同じ思いだから駆けつけてきてくれたのだ。あんなに怒って、言葉もついきつくなってしまったのだろう。

なのに、おれはそんな恭二にひどい言葉を投げつけ、ましてや追い帰してしまった。

「恭……っ」

ツンっと鼻の奥が痛くなる。

携帯の恭二の名前が瞬く間に揺らいで見えなくなっていく。

なんてことをしてしまったんだろう……っ。

見合いが断れなかったことを、おれはわかってもらえるまできちんと話すべきだったのだ。恭二に見合いのことを言えなかった正直な気持ちを素直に口にすべきだった。恭二にちゃんと謝りに行こうと思っていたこともすべて。

でもおれはあんなに怒った恭二を見たのは初めてだったのだ。だから動揺して、頭が真っ白になって――。

「ぅ……っ…」

いや、とおれは首を振る。

そもそも恭二がそんなに怒ったのも、おれとずっと連絡がつかなかったせいなのだろう。はやる気持ちでじりじりと帰りを待っていたのに、おれはのんきに酔っぱらい、他の男に抱えられて帰ってきたのだから。心配の反動と嫉妬で、恭二がついカッとなってしまったのも今ならわかる気がした。

しかも、そんなふうに恭二を駆り立てたのもおれが――…。

『好きだって言葉もなかなか言ってくれないし、付き合い始めてからは甘えてもくれない。芳人はまだオレのことを好きでいてくれてる？』

昨夜恭二がおれに言った言葉が今になって思い返される。

そうだ。おれの気持ちは伝わっているはずだと勝手に思い込んで、恥ずかしいからと、恭二に好きだという言葉を口にしてはいなかった。わがままを言いすぎて嫌われたくないと、甘えすぎて重荷になりたくないと、恭二との間におれはしらず一線を引いていた。

そんなすべてが恭二に不安を抱かせ、今回の見合いを話さなかったことで爆発したのだろう。おれの気持ちがわからなくなったのかもしれない。

なのにおれは――っ。

「……っ」

顔を両手で覆い、上を向く。きつく、きつく唇を噛みしめた。

戻れるなら、昨夜のあの瞬間に今すぐにでも戻りたくなる。

どうしておれはあんなことを言ってしまったのか。

見合いに行くなんて。誠意をもって臨むだなんて。

恭二はおれが好きだからこそ、見合いのことを聞いて飛んできてくれたのに――。

「ごめ…っん……」

恭二。本当にごめん――…。

自分が情けなくて泣けてくる。

今すぐにでも恭二のもとに飛んでいきたかった。

けれど――。

「もっ……遅い」

携帯の時間を見てぐっと奥歯を噛みしめた。懸命に息を整え、乱暴に目をぬぐう。恭二はもう飛行機に乗って仕事をしているだろう。気付くのが遅すぎた。しかし、さいわい泊まりの勤務ではなかったはずだ。

もう少し、どうか待ってて欲しい……。

携帯電話を目の前に掲げ、銀色のプレートにそっと口付ける。

謝って、謝って、そして恭二にもう一度素直に自分の気持ちを話そう。

いつでも会いたいと思っていたことを、わがままを口にできなかったことを、恭二に話して仲直りするんだ。好きだってちゃんと言葉にして恭二に思いを告《つ》げるんだ。

冷えた携帯電話のその部分が唇の温度に温まるまで祈るように唇を押しつけたあと、ポケットに滑り落として顔を上げた。

その前に、おれはやるべきことをやろう。

見合いに行くのではない。見合いを断りに行くのだ。

洗面所でもう一度顔を洗ってからおれは家を出た。

見合いがあるのはホテルの敷地内に建つ茶室だった。周りには自由に散策できる緑のアプローチがあり、こんな時でなければ楽しめたかもしれない。

「ずいぶん遅かったじゃないか、もう相手側はお待ちなんだよっ」

時間十五分前に到着したおれを見て飛んできた山岸部長がひそめた声で怒鳴りつけてくる。

「これで機嫌《きげん》を損ねられたらどうするつもりなんだ。早く来たまえっ」

引っ張られるように茶室に入ると、清楚《せいそ》なワンピース姿の女性とその母親らしき人物が座っていた。

「遅くなって申し訳ありませんでした――」

見合いはおれの思いとは裏腹《うらはら》に順調に進み、山岸部長が珍しくおれを褒める言葉なんてものも聞けた。お決まりの、後は若い者同士でという言葉で、相手の女性と二人でホテル庭先にあるカフェに行くことになって少しほっとする。

奥まった場所にあるせいか、休日の午後でもカフェは人も疎《まば》らでどこかのんびりとしていた。暑くも寒くもない気候に、おれは人のいないオープンスペースの角に席を取る。

女性と向かい合うと、おれは気を引き締めて口を開いた。

「麻子さんに謝らなければいけないことがあります」

まだ学生ということもあるのか、どこかおっとりした女性はおれの言葉に首を傾ける。

「申し訳ありませんが、今回の見合いはお断りするつもりです。けれど、それは決して麻子さんに理由があるわけではありません。おれには大切な恋人がいるのです。恋人以外に人生を共にしたいと思う人はいません。こんな立場で見合いに臨んでしまって、本当に申し訳ありませんでした」

頭を下げると、少し驚いたような声が上がった。

「あの、顔を上げて下さい」

そしてすぐにそう言われた。見ると、女性は苦笑して頷いている。

「私の方こそ謝らなければならないんです。先日のイトコの結婚式で、あなたのことをちょっとカッコイイなんて口にしてしまったから、こんな大事《おおごと》になってしまって。私もまだまだ結婚は考えられないんです。でも、母は早く結婚して欲しいなんて思っているらしく、どんどん話が進んで止められなかったから」

女性の言葉に少しほっとする。目の前のまだあどけないような女性を傷つけることにひどい罪悪感を抱いていたから、そのことにだけは気持ちが軽くなった。

けれど、おれがそんなほっとする姿を見て、女性は逆に眉をひそめる。

「もしかして、母がなにか言ったのでしょうか？　確かそちらの会社と父の会社はお取引があるそうですね。工藤さんのお仕事に関して口を挟んだりしてしまったのですか？」

おっとりしていると思っていたのに、女性からはずいぶん核心に迫ったことを口にされておれの方が焦った。

「いえ、そんなことは――」

動揺しすぎてとっさに言葉が出てこない。

確かに、見合いをこんなふうに断ったのだからあの山岸部長がどう思うか心配なところだ。部署異動の話は免《まぬが》れないかもしれない。

けれど、もういいのだ。

もしそんな話が来たら、おれは断固戦ってみようと思っていた。今までのおれの実績もある。会社役員の縁戚だからといって、そうそう勝手なこともできないはずだ。会社もそこまでいい加減ではないはず、とおれは思いたい。

「麻子さんが心配されることはなにもありません。本当に大丈夫ですよ」

もう一度、今度はきっぱり口にしたが、女性はまだ少し気遣わしげに眉を寄せていた。

「……こう言っては生意気ですが、たぶん大丈夫だと思います。母は少し思い込みが激しいところがありますけど、父は公私混同しない人間です。私との見合いがダメになったくらいで、お取引をどうこうすることはないと思います」

女性のしっかりした言葉に、おれは笑みが浮かんだ。

一人で帰りますと、その場から離れていく女性を見送っていたとき——。

「芳人」

名前を呼ばれて振り返ると、そこに愛しい男の顔を見つけてぎょっとする。

「恭……二？」

真剣な色を浮かべておれを見下ろしていたのは、今は仕事で空を飛んでいるはずの恭二だった。まるでたった今駆けつけたみたいに額にうっすら汗が浮かんでいる恭二は、おれと同様昨夜はろくに寝てないような疲れが窺えてはっとする。

「ど、どうして？　今日は仕事のはずじゃ……」

「ごめん、どうしても芳人が気になっていても立ってもいられなかった」

はらりと落ちてきた前髪を気ぜわしげにかき上げる様子は、いつも余裕を見せる恭二らしくない。そんなどこか張りつめたような雰囲気に、体が震えるような気がした。

昨夜自分が口にした言葉が言葉だけに、どうして恭二がこの場に現れたのか、これからなにを言われるか不安でたまらなかった。

「——彼女との話を、悪いとは思ったけど聞かせてもらった。……ありがとう、おれを選んでくれて。とても嬉しかったよ」

けれど、恭二の口から出たのはそんな言葉だった。同時に、恭二がほんの少し笑みを浮かべる。まだどこか強《こわ》ばってはいたが、おれを見る眼差しには柔らかさが戻ってきていた。

「……っ」

その言葉に、優しげな笑顔に、おれは涙がこぼれるかと思った。

別れ話を持ち出されてもおかしくないと実際思っていたのだ。だから、それとは正反対のことを言われてほっとした。ようやく緊張が解ける。

「ううん、おれの方こそ、来てくれて…嬉しい。あのそれと、昨夜は、ごめん——っ」

「昨日はごめんね、芳人」

二人同時に謝罪の言葉を口にして、おれは顔を上げた。目が合った恭二と思わずしばし見つめ合う。

けれど、すぐにまたおれは口を開いた。

「恭二は悪くないよ、おれが悪いんだ。ずっと見合いのことを言おうと思ってて、でも結局おれの口からは話せなかったんだから」

「いや、オレの方こそ、芳人の事情もなにも聞かずに怒ってしまったよね。昨夜はついカッとなってしまって、自分でもどうしてあんなふうに芳人を責めてしまったのか、ずっと後悔していたんだ」

二人して同じように謝り合って、それがちょっと滑稽《こっけい》で笑みが浮かんだ。恭二と仲直りができるという安堵《あんど》感もあったのかもしれない。

けれど、そんな泣き笑いのような笑みになってしまったおれを見て、恭二が顔を曇らせる。

「本当にごめん。芳人をこんなふうに追いつめるなんてオレもどうかしていた。ここ最近芳人と一緒にいられる時間が少なすぎて、寂しくてたまらなかったんだ。だから、つい余裕をなくしてしまって……」

その言葉に、おれは信じられないと首を振る。

「嘘だ。だって、だって恭二はいつも平気な顔で笑っているじゃないか。おれとの約束がダメになっても、余裕な感じでごめんねって言って、おれの方は会いたいって思っているのに、恭二はいつも仕事仕事って……だから、おれだけが会いたいのかってずっと——っ」

なんだか上手《うま》く言えない。こんなんじゃ責めているみたいだ。

おれは浮かんでこようとする涙をぐっと飲み込む。

本当はもっときちんと話をするつもりだった。恭二に会いたかったんだと、一方的に責めるんじゃなくて、素直に気持ちを伝えたいと思っていたのに。

「平日だって恭二と会いたいのに、なんで、誘ってくれないんだ……」

なのに、おれは恭二を責め立てる言葉を止められなかった。

「——うん、そうだよね。オレが悪かったんだ。本当にごめん」

けれど、一方的に責められて怒るかと思った恭二はやけに痛みを感じているようにおれを見つめていた。その眼差しはなぜか安堵しているようにも見える。

「でもね。いつだって会いたかったのは、オレも一緒だよ。会いたくて会いたくて、おかしくなりそうだった。でも、そんな重い気持ちを芳人に見せたら怖がらせると思ったんだ。芳人をどうやったらオレに縛《しば》りつけられるかってずっと考えるような恋人って、やっぱり怖いだろ」

「恭二……？」

「自分でも少し怖いんだよ、芳人に惹《ひ》かれすぎる自分に。だから、懸命に自分を保っていた。

芳人をがんじがらめにしないように、ことさら仕事を楯《たて》に自分を律していたんだ。毎日残業して疲れている芳人を、オレはいつも夢中になって抱きつぶしてしまう。それが平日だってオレは同じことをしてしまうと思うんだ。それが怖い」

恭二の告白は思ってもいなかったことで、おれは内心ひどく動揺していた。

まさか恭二もおれと同じように悩んでいたなんて、と。同時にとても愛おしくなる。

「だから、平日に芳人を誘うことはどうしてもできなかった。でも、そんなオレの身勝手さが芳人を苦しめていたかと思うと、本当に情けなくなるよ」

「——もしかして、便が乱れているからってよく約束そのものをキャンセルするのもなにか理由があったりする？」

仕事優先の恭二の中ではおれは二の次かと思ったりもしたが、なんだか違うかもしれないと聞いてみる。

「そうだね、約束の時間を変更するんじゃなくキャンセルするのは、本当に時間がわからないからなんだ。一時間後に飛ぶと決まっても、それからさらに飛行機の出発が遅れることはよくあるんだ。しかも、その遅れを今度は芳人に伝えられず、一人待ちぼうけを食わせるなんて可能性もある。不確定なのに、芳人を振り回すようなまねをしたくなかった」

案の定、恭二は真摯《しんし》な眼差しで真相は違うのだと教えてくれた。

なんだ、そうか……。

聞いてみて初めてわかった。恭二は仕事を優先していたわけじゃなく、ただすべてはおれのためにやってくれていたんだ。

ほっと、肩から力が抜ける。

だったら今度は自分の番だと思った。恭二にひどい言葉をぶつけて、追い返してしまった昨夜のことを謝るんだ。恭二に見合いを話せなかったことを謝罪しよう。

けれど。

「──見合いの件、芳人の仕事の絡みで断れなかったこと。わからなくてごめんね」

恭二に先を越されてしまった。

「……っ」

「さっき、芳人達の話を聞いて少しショックだったよ。普通のビジネスマンの芳人には色々付き合いがあるんだって、思いやれなかったオレは恋人失格だよね。それに、もしかして先週オレを誘ってくれたのは見合いのことを話してくれようとしたんだろう？　なのにオレが──」

「恭二のばかやろう──っ」

おれが謝ろうとしていたことをすべて言い尽くしてしまおうとする恭二にたまらなくなって、気付いたらそんな暴言《ぼうげん》を吐いていた。

周囲のテーブルに人はいなかったが、ちょうど近くを通りかかったウェイターがはっとこちらを注視するのが目の端に映った。今は気にしてられなかったけれど。

「芳人……？」

驚いたように目を丸くする恭二を、おれは悔《くや》しさに涙がにじむ目で見つめる。

「なんで全部先回りして言うんだよ、おれだって謝ろうってずっと思っていたのに。恭二はもっとおれを怒っていいのに、どうしてそんなに甘やかすんだ。ひどいことを言ったおれを許そうとするんだよ。そんなんだから、おれは、おれは――っ」

ほら、こんなメチャクチャなことを言っているおれをそんな愛おしいような目で見るから、幸せそうに微笑むから、おれはどんどんわがままになっていくんだ。

恭二に甘やかされるのが気持ちいいと思ってしまう。

「………ごめん」

こんな大人になってまで、涙がぼろぼろとこぼれ落ちてしまうんだ。

「見合いのことを言えなくてごめん。昨夜、ずっと電話に出れなくて、しかも酔いつぶれて帰ってきて、恭二にひどいことを言って、追い返したりして――本当にごめん……っ」

謝罪を口にしている途中で、恭二が腕を伸ばしてくる。その腕の中に、自分から飛び込んでいった。

「ずっと会いたいって思っていたんだ。いつだって恭二に会いたいって。でも、仕事が大事だっておれでもわかっているから、そんなことを言ったら絶対重荷になると思って言えなかった。わがままを言いすぎて嫌われたくなかったから。でも本当はずっと会いたいって――…」

強い力で抱きしめられる。言葉をひとつ発するごとにその力はさらにきつくなった。

「芳人、オレもずっと会いたかった。愛してるよ。もう離さない、誰にも渡せないっ」

骨が軋《きし》るほど、強く――――。

「っ……う、っ……」

恭二のその腕の強さが嬉しかった。幸せすぎて、胸がいっぱいになるくらい。

本当によかった、恭二と仲直りができて。この腕を失わずにすんで。

昨夜あんなひどいケンカをしたのに、すべてを許してここに駆けつけてくれた恭二に、切ないほどの愛しさを覚えた。

恭二、おれも好きだ――――…。

ようやく涙が止まってきたのを見計らって、そっと腕が解《ほど》けていく。その温《ぬく》もりが恋しくて追いすがるように恭二を見上げると、愛しげな双眸《そうぼう》がそっと頷いた。

「芳人、おいで。ゆっくり話をしよう」

連れていかれたのはホテルのフロントだった。ボーイによる部屋までの案内を断ると、恭二はさらうようにおれを部屋へと連れていった。

広めのツインの部屋で、おれは戸惑ったように恭二を振り返る。

恭二は、そんなおれの目元にそっと手を伸ばしてきた。もう涙は乾いてしまったけれど、そこに名残《なごり》を見つけるように優しく触れてくる。

「ねぇ、芳人。いつでも会いたいとか、ずっと会いたいとか。そんなのオレにとって重荷でもわがままでもないんだよ。それどころか、オレはね。芳人にわがままを言われるのは大好きなんだ」

「でも……」

それでも不安で声を上げかけたおれを、「聞いて」と恭二が優しく止める。

「こんなことを言うと芳人には怒られるかもしれないけど。約束をキャンセルしても、文句もわがままも言われないから、オレはとても寂しかったんだよ」

「え……」

「芳人が会いたいとわがままを言ってくれないせいで、まさか芳人の気持ちはオレから離れ始めているのかって疑ったりもした。欲しがってくれないのは、もうオレに興味がないのかって。オレは芳人に甘えられることで心の安寧《あんねい》を得ているのかもしれないと最近は思うんだ。この黒い目で見上げられるとほっとする。もちろん、ゾクゾクして食べたくもなるけどね」

「――……っ」

恭二の甘い言葉に、おれは耳まで熱くなった。

「じゃあ、もっと恭二に会いたいって、仕事も大事だろうけどおれも大事にしろって言っても恭二は困らないって言うのかよ」

ことさらぶっきらぼうに言うのに、恭二は蕩けるような笑みを浮かべて「もちろん」と頷く。

「――平日だって会いたいし、約束してなにかあったときにもキャンセルはできるだけするなって言っても?」

「わかったよ。他には?」

「おれがわがままを言いすぎているときはちゃんと言って欲しい。わがままが理由で嫌われたくない」

「うーん、それは絶対ないと思うけど……わかった、約束する」

「もっと恭二の本音を聞きたい。今みたいな冗談交じりじゃなくて、恭二の本当の気持ちを口にして欲しい」

「してるんだけどなぁ……」

恭二が苦笑しながらも、それにも「わかった」と返事してくれた。

「じゃ、オレからもいい?」

今度は恭二が急に改まったように言うから、おれはわずかに緊張した――が。

「オレがいないところで、あんなふらふらになるまで酔っぱらわないこと。他の男に抱きかかえられて帰るなんて以《もっ》ての外《ほか》だよ」

恭二が諭《さと》すように口にしたのはそんなことだった。

「……うん」

「それから、あの後輩くんには気をつけること」

「え？」

「彼の前では絶対無防備になってはダメだからね」

「えぇっ？」

とんでもない方向へ飛んだ気がする発言におれがびっくりして恭二を見上げると、わずかに苦笑して恭二がおれの両頬をその大きな手で包み込む。

「芳人は自分がどんなに魅力的か、本当にわかっていない。芳人と離れているとき、オレは心配で胸が潰《つぶ》れそうになるときがあるよ。芳人に猛アタックする人間が出てきたらどうしようって。もちろん芳人の気持ちは信じているけれど、昨夜みたいに芳人が気付かないうちに危険が迫ってるなんてこともありえるんだから」

「なんだよ、その危険が迫るって。恭二はおかしいぞ」

おれは怒ったように唇を尖らせてみせるが、

「そんな可愛い顔をオレ以外に見せないってことも約束してもらわなきゃ」

ひどく愛しげに恭二は瞳を微笑ませて、顔を寄せてきた。

「……っん…」

ついばむように唇が触れ、ぺろりと合わせ目を舐められる。促されて唇を開くと、するりと恭二の舌が滑り込んできた。

「ぅ…ん、ん……」

昨日の、あの激しすぎるようなキスとは真逆《まぎゃく》のひどく優しいキスだった。

おれをどこまでも甘やかすようなそれが嬉しくて首に手を回すと、それが合図だったみたいに行為に熱がこもった。

「ん、んぅっ……ゃっ…ふ」

ねっとり絡むように舌を弄《もてあそ》ばれ唇を甘く嚙まれると、吐息《といき》が震える。

「可愛い、芳人……」

ようやく長いキスを終え、恭二がおれの潤んだ瞳を覗き込んでくる。大事な宝物のように柔らかい眼差しで見つめられると、胸がいっぱいになる気がした。

昨日大ゲンカして、それからずっと絶望的な気持ちでいたから、今日こんな優しい恭二の顔を見られるとは思ってもいなかった。

言い争いをして確かに苦しかったけれど、そのおかげで前よりさらに恭二が愛しいという気持ちが強くなった。二人の絆《きずな》も深まったような気がする。

「恭二、好き…だよ」

今までなかなか言えなかった言葉がしぜん口をついて出てきた。

その声は小さく震えていたけれど、聞いた恭二は花がほころぶようにふわりと微笑んだ。ひどく嬉しそうに、幸せそうに、満ち足りたように。

なんだ、恭二のこんな顔が見られるならもっと早く口にすればよかった。

そんなふうに思ったくらい胸が熱くなる反応だった。恭二がその甘い顔のまま、もう一度唇を寄せてくる。

「オレも愛してる」

そう囁いてから。

「っ、んぅ……」

忍んできた舌に上顎を擽《くすぐ》られてびくりと体を震わせると、落ち着かせるみたいに背中をなで回された。が、それがおれには逆に官能をかき立てるすべとなって、体中から力が抜け落ちていくのだった。

「——ベッドに行こうか」

そんなおれをしっかり抱きとめた恭二が、唆《そそのか》すように囁いてくる。おれが頷くと、恭二が抱きかかえるようにベッドまで連れていってくれた。

ジャケットを脱ぎ、シャツのボタンを外す恭二を見て、おれもきつくしめていたネクタイに手をかけるが、その手を恭二にそっと止められる。

「今日はオレに全部やらせて?」

そう言いながら恭二が体を跨《また》いでくる。腰の辺りで膝立ちになった恭二がシャツを脱ぎ捨てるのを、おれは思春期の初体験のときみたいにドキドキしながら見ていた。

「なんだか、すごく恥ずかしいんだけど……」

しっかり筋肉のついた上半身が今さらながらに眩しくて目を泳がせていると、恭二がふふっと微笑む。

「じゃ、今日が二人の初めて、ということにしてもいいよ。芳人が、まさに初めてオレに好きだって言ってくれたんだからね。実はオレも嬉しくてけっこうきてるんだ。もちろん、再会した日に行ったレインボーブリッジが見えるホテルでの、酔っぱらった芳人との熱い時間も絶対忘れられないけど」

恭二の大きな手が、ひどく優しいしぐさでおれの髪を弄《いじ》り耳たぶをつまんでくる。

「ばか……」

上目遣いに甘く睨み、頬に当てられた恭二の指先をそっと引き寄せた。そこに唇を押し当てると恭二が熱い吐息をもらす。

「芳人……」

愛しげに名前を呼びながら、恭二がもう待てないとこめかみに唇を押し当ててくる。一方で、ネクタイが解かれて楽になった首筋に恭二の指先が滑り込んできた。シャツのボタンを器用に外していくが、その時々に肌に触れる恭二の指の感触に小さく息がもれるのが恥ずかしかった。

「……ぁ」

シャツを開くと、恭二が胸の突起にゆっくり舌を伸ばす。

「──んんっ」

知らぬ間に敏感に尖っていたそこを濡れた舌先で押しつぶされ、おれは声をもらして顎を反《そ》らせた。音を立てて吸われると、腰の辺りがずんと重くなる。

「あ…っ、ぁっん…ん……ゃっ」

そこを執拗《しつよう》に嚙んでは舐め、吸っては舌で捏《こ》ねられると甘い声が止まらなくなった。もう片方の尖りを弄っていた恭二の手が、ふいに滑るように体を下りていく。

「――ぁ、待っ……っひ――ぅ」

スラックスの上から股間を揉まれ、その直截《ちょくさい》な刺激におれは体をしならせる。

気付かないうちに自分のそこが硬く張りつめていることも恥ずかしくなる。もう、少し濡れた感じであるのも同じく。

まだ胸を弄られているだけなのにっ……。

「初めてなのに、もうこんなに感じているの？」

情欲をにじませて、恭二の声が耳元に囁かれた。

さっきの「初めて」の言葉を本当にするつもりなのかもしれない。いや、恥ずかしがるおれを楽しんでいるだけなのか。

おれが睨むと恭二は艶然《えんぜん》と笑ったから後者が正解だと確信する。

「感じやすいんだね、興奮するな」

意地悪をやめるつもりはないのか。そう口にして、恭二がスラックスの前をくつろげた。大きな手が下着の中に滑り込んでくる。

「んっ、ぁあ……っぁ」

熱くなったおれの屹立を取り出すと、いやらしく指を這《は》わせてきた。熱を上下に擦られ、くびれの辺りを擽られるように指先で弄られると体がおののいた。

ぞくぞくする痺れが腰にたまっていく。下腹辺りで渦を巻いて、おれの体は無意識にびくびくと跳《は》ねた。

どうしよう、すごく気持ちよくて蕩けそう……。

恭二の「初めて」遊びに乗せられたわけではなかったけれど、おれは今までになくひどく感じていた。まるで、本当に今初めて恭二に体を許しているみたいに甘い愉悦《ゆえつ》がそこかしこで逆巻《さかま》いている。

「やぁ……っ、んっんっ、ぃいっ……ゃ……いやっ」

「芳人、可愛い……」

声が落ちてきて瞼を上げると、潤んだ視界に恭二がじっとおれを見ているのが映っていた。その凄絶な色香を含む眼差しに、体中に満ちていた痺れが一気に下肢に集まる。

「ひ、ん…んっ、あぁ――――…っ」

悲鳴のような声を上げて、気付けば恭二の手を汚してしまっていた。

「っぁ…ぁ、は……っ」

じっと見られていた。今の、おれがイク一部始終を恭二に見られていた。

そう思うと恥ずかしくて居たたまれなくて、顔を覆いたくなる。けれど、その前に恭二がおれの精で汚れた指を唇へと持っていくのを見たからそれどころじゃなくなった。

「恭――――っ」

「すごいいっぱい出たね」

おれが体を起こすより先にそれを舌で舐め取っていく。

ひどく淫靡な光景に一瞬見とれて背中に震えが走った。けれどすぐに我に返る。

「ばっ、ばかっ。おまえは、なにやってんだよっ」

怒鳴りつけたあと、たぐり寄せたシーツで恭二の手をすごい勢いでぬぐっていった。

「信じられない。なんでそんなやらしいんだよっ」

もう恭二の手はきれいになったのに、それでもおれは執拗に擦り続ける。というか、真っ赤になっているだろう顔を上げられないのだ。

前々からエッチだって思ってはいたけど、恭二がここまですごいことをするだなんて知らなかったぞ。詐欺《さぎ》だっ……。

心の中で大いに愚痴《ぐち》を吐きながら。

「もうこんなことはするなよ……っぁう」

が、俯いていたおれの耳を恭二が甘噛みするから思わず顔を振り上げた。

「っと、危ないな。あれ、目が潤んでる。もうまたその気になってる？」

「――っ…」

どうしてさっきからおれを恥ずかしがらせることばっかり言うんだよ。

恭二を睨む目に、じんわりと本当に涙がこみ上げてくる。同時に、体のいたるところで甘い愉悦の名残がじくじく疼《うず》いてくるような気がした。

「芳人、だめだよ。そんなクルような顔をしちゃ――」

しかしそんなおれの顔を見て、恭二が少し怒った顔をした。いや、本気になった顔なのかもしれない。

「――なけなしの理性が吹き飛んでしまうじゃないか。メチャクチャにしちゃうよ？」

迫力さえ感じるその顔でゆっくりおれの下肢へと手を伸ばしてくる。

「ぁ…ぁ……あ」

今弄っていた欲望よりさらに奥、二人でつながる後孔《こうこう》の入り口をくるりと指でなぞられる。

「ここで、芳人とつながりたい。今すぐ、いいよね？」

そう承諾《しょうだく》を求める言葉を口にしながらも、恭二はその一瞬あとにはおれを押し倒していた。

足を割り広げられ、恭二がそこに顔を近づけていく。

「恭…っ、や…なに、ぃやだ――っ…ぁん」

「今日は聞かない。いや、聞けないんだ。芳人が挑発《ちょうはつ》するのが悪いんだよ、飢えた獣に向かってあんな顔を見せるなんて」

その言葉の通り、恭二の舌が双丘《そうきゅう》の狭間《はざま》で蠢く。硬かった入り口がほぐれると、すぐに濡らした指を差し入れてきた。

「ぁうっ、ぅ…ん……っぁ、あ…っ」

さっき一度イッたおれの欲望はまた熱く勃ち上がっていて、雫をこぼし始める。そのせいで、恭二が弄る辺りがどろどろになっていくのが怖いくらいに気持ちよかった。

「ひ、っぅ――…っ」

「――ごめん、限界」

ひときわ高い悲鳴を漏らしたとき、苦しげに呻《うめ》いて恭二が体を起こす。まだほぐれていない後孔に熱い猛《たけ》りが押し当てられ、ゆっくり押し入ってきた。

「ぁ、ぁ、ぁ――…っ」

軋むような微かな痛みと、それをはるかに上回る充溢感《じゅういっかん》。覚えていた恭二の熱さと大きさにおれはすぐにでもそのまま気を飛ばしそうになった。

「う、っく……」

中が動いたのか、恭二が苦しげに呻いている。その声におれはゆっくり瞼を開けた。

「恭…二」

荒い息を吐く恋人の顔を、涙でにじむ視界に捉《とら》えた。

おれを食い入るように見つめる恭二はひどく猛々しかった。まさに、今にも襲いかからんばかりの獣のようだ。

しらず、おれはごくりと喉が鳴る。

「来て」

捕食者に見つめられる被捕食者のような緊張感が苦しくて、そして中でさらにその質量を大きくしていく恭二の熱がもどかしくて、おれは囁くようにそれを口にした。

瞬間、恭二がたまらないと目を眇《すが》め、勢いよく奥深くまで突き上げてきた。

「ぁあっ、あ…っ、ぁう…っ……ぅ、んっ」

最初から容赦《ようしゃ》のない動きに声が溢れた。

硬い猛りが内部を擦り上げたかと思うと、感じるところばかりを抉《えぐ》っていく。鋭い突き上げに脳天まで何度も痺れが走り、重い穿《うが》ちに吐息が震えた。

どろどろと、灼《や》けた欲望に中から蕩かされていくような気がする。

「う…ぁん、んっ、ん…っ、恭……ぃ…」

「芳人、可愛い…芳人」

名前を呼ばれ、恭二がおれを見つめている。

柔らかいこげ茶色の瞳が、過ぎる快感が苦しいといわんばかりに細められていた。額にうっすら汗が浮かび、強ばった頬は奥歯をきつく噛みしめているためか。

「ぁっ……あぅっ、ぁんっ」

愛しい。恭二が愛しくてたまらない。

そんな恭二の熱を、今おれが受け入れていることがとてつもなく幸せに感じた。

そして穿たれるごとに、恭二の思いもそこから伝わってくるような気がする。好きだ。愛している、と。

「す…ごいっ……んっ」

まさに二人で思いを交わし合っているみたいだ……。

「なにが、すごい？」

「も…っ……だめっ、恭二……ぉか…しくなっ……る」

恭二に聞き返されたけれど、もうその時にはなにも考えられなくなっていた。

強すぎる快感に体が無意識に逃げを打つのを、恭二が強い力で引きとめ、引きずり寄せる。

それが怖いくらい気持ちよくて、苦しくて、子供のように泣きじゃくるのに、恭二の突き上げは激しくなるばかりだ。

「芳人、ん…イきそう？」

恭二の言葉に頷くと、動きがさらに力強さを増した。

「んっ、んんっ、あ――ぁぁっ」

硬い切っ先で柔らかい粘膜を擦り上げられ、容赦ないグラインドにおれは嬌声《きょうせい》を上げた。

ひときわ重い突きが二度、三度と続いたあと――。

「ぁ、ぁ、ぁ――――……っ」

「芳人……っ」

恭二と同時に精を放ったのを、飛ばされた絶頂の彼方《かなた》でぼんやり感じ取っていた。


「――あ、れ？　おれ、もしかして気を失った？」

重い瞼を開けると、恭二が心配げに覗き込んでいるのが見えた。腕を上げて額に手を当てると、冷たいタオルが載っている。

「うん、本当に芳人を壊したかって焦ったよ。ごめんね」

ほっとしたように恭二がおれを抱きしめてくる。そのいたわるような腕が嬉しくて、裸の胸に頬を押しつけた。

ここ最近の体調の悪さもあったのかもしれない。胸の重さはすっかり吹き飛んでいたが、それでも色んな名残が疲れとして体にたまっているようだった。

「あの…さ、今さらだけど、恭二って今日は仕事じゃなかったのか？　さっきあの場に恭二が立っていたのを見てすごくびっくりしたんだけど」

そういえば、と恭二が来てくれたときからずっと気になっていたことを聞いてみた。

「うん、実は休んでしまった」

「休んでって……」

驚いて顔を上げると、恭二は苦い笑みを浮かべている。

「芳人のことで頭がいっぱいになって、とても仕事なんてできないと思ったんだ。昨夜の、芳人を一方的に責めてしまったことが気になって仕方なかったし、なにより芳人が見合いをするのがたまらなく嫌だった。それに、もう気付いたらこのホテルに駆けつけていたんだ」

「恭二」

「芳人を信じていないわけじゃなかったけど、オレがおかしくなっていたんだと思う。だからさっきの、見合いを断ってくれる芳人の姿に安堵した。胸が震えそうだったよ。実際、もし芳人があと数秒断りの言葉を口にするのが遅かったら、オレは二人のテーブルに押しかけていたと思う」

恭二の打ち明け話に胸がじんと痛くなった。

「恭二、本当にごめん……」

見合いを内緒《ないしょ》にしてしまったことも、昨夜ひどい言葉を投げつけてしまったことも、今さらながらに猛省《もうせい》せずにはいられない。

そんなおれを、恭二は優しく宥《なだ》めるように抱きしめてくれた。

「芳人、じゃ、約束してくれる？　芳人が普通のビジネスマンで、いろんな仕事の絡みで見合いを断れない事態に陥《おちい》ることは十分わかったよ。でも、今後はそんな時でもオレには内緒にしないって。もちろん、オレはいつだって芳人を信じているから」

恭二の胸を通して聞こえてきた言葉におれは頷いた。けれど、すぐに首を振る。

「ううん、もう見合いなんてしないよ」

今回のことで、あの部長も少しは考えを改めてくれるだろう。

それにもし同じようなことがあっても、今度こそちゃんと断ろうと思っていた。

「ね、芳人。この際だからもうひとつオレのお願いを聞いてくれないかな」

恭二の穏やかな心音《しんおん》を聞きながらうっとり眠りそうになっていたら、腕を離した恭二が間近から覗き込んでくる。

「なに？」

「ん。オレと一緒に暮らさない？」

「えっ」

恭二が口にした言葉に、おれの眠気《ねむけ》は一瞬にして吹き飛んでしまった。

それは、おれも何度か考えたことだ。

一緒に暮らせば、今以上に恭二に会えるのは確実だ。互いに仕事が忙しくても、なんとか時間をもつことだって可能だろう。

おれがキラキラ輝いているだろう目で見上げていると、恭二が擽ったそうに微笑む。

「けど、その――おれ、今以上にわがままになるかもしれないんだけど……」

ひとつだけ懸念《けねん》があるとしたらそれだ。四六時中《しろくじちゅう》一緒にいることになってわがままを言い続けたら、さすがの恭二も参ってしまうかもしれない。

ついそれを考えて顔を曇らせたおれに。

「今以上に甘えてもらいたいから一緒に暮らすんだよ。だから、わがままだっていっぱい言って欲しいな」

しかし恭二はしっかりと頷いてくれた。

「約束、したからな。後からあれはなしだとか言うなよ」

恭二のセリフが嬉しくて面映《おもは》ゆくて、おれがぶっきらぼうに言うと、目の前の男はわかっているとでもいうように愛しげに目を細める。

「もちろん。じゃ、いいんだね？」

「うん。おれも恭二ともっと一緒にいたいから」

しぜん柔らかい声音《こわね》になったおれの答えに、恭二が相好《そうごう》を崩して抱きしめてくる。

「リビングに大きなソファを置きたいんだ、いいよね？　二人で座ってもまだゆったりしているような大きなもの。今度からそこがオレ達の指定席――二人のラブシートになるんだよ。今後芳人の隣に座るのはいつだってオレだと、約束してくれるかな」

まるでプロポーズのような恭二の言葉に、おれは頷く代わりに恭二に口付けるのだった。

あとがき

こんにちは、初めまして。青野ちなつです。

この度は『ラブシートで会いましょう』を手にとっていただき、ありがとうございます。

航空ロマンスラブの第二弾。幼いころ友人だった二人が、サラリーマンとキャビンアテンダントとして機内で再びまみえる再会ラブです。

意地っ張りで泣き虫な芳人は、そのまま末っ子キャラ。となると、キャビンアテンダントの恭二は、末っ子を甘やかす長男といったところでしょうか。役どころとして、そんな二人の少し元気なお話に仕上がりました。

実はこのお話、私が初めて書いたボーイズラブ小説であり、また初めて雑誌投稿して賞をいただいた作品でもあります。そういう意味でとても印象深い作品のため、今回文庫の話を聞いてとても嬉しかったです。

文庫化にあたり、雑誌掲載分を見直したのですが。なにせ、書き上げたのは五年も前のこと。直したいところはいっぱいありましたが、手を加えるとまったく違う印象の作品になりそうで、結局ほとんど手直しはしませんでした。しかし、今の私が書かないテンションの作品で、読み返していてとても楽しかったです。

そのぶん書き下ろしでは少々苦労しましたが、それ以上にワクワクが止まらなくて、危うくまたページ数がオーバーするところでした。書き始め時は余りそうだったので、芳人の兄視点の「我が愛しの弟日記」などを入れられたらなぁなんて考えていたのですが…。（私的に）入れられなくて残念だった芳人兄話ですが、そんな芳人の次兄が登場する話が、リブレ出版公式携帯サイト「ｂ－ｂｏｙモバイル」にて配信されています。本編後のドタバタ引越し劇です。芳人ラブの恭二と次兄。二人のどちらに軍配が上がるか、ぜひ覗いてみて下さい。また、今回特別に本に挟み込まれるチラシにもショートを書かせてもらいました。もしかしたら本編以上に筆が進んでしまったかもしれない某プレイエッチです。なお、こちらは本編を読まれたあとにお楽しみいただくことをお奨めします。

例によって例のごとく、ショートも含めて全ての作品はボーイズラブなんちゃって航空の話ですので、気になる点がありましても笑って許していただければ、と願っております。

雑誌に続いて、イラストを担当して下さったのは高峰顕先生です。

本書の表紙はすでに拝見しましたが、美麗すぎて、題名などの文字が入るのがもったいないと思ったくらいでした。おそらく本になった時は帯で隠れてしまう部分の、恭二が手にしている靴が何とも意味深で淫靡だなぁと一人悦に入っております。

ステキなイラストを本当にありがとうございました。

また、いつもお世話になっております担当女史さま。

雑誌掲載に至るまでの幾度もの改稿が懐かしく思い返されます。あの時の数ページにもわたる「トルトル攻撃」（削除指示）は決して忘れられません。自分の未熟さはもちろん、担当女史のステキな厳しさも。いえ、前者は（どちらも？）現在進行形ですが（笑）。

今回もぎりぎりまでご迷惑をお掛けしました。心から感謝します！


そして最後に読者の皆さま。ここまでおつきあい下さって本当にありがとうございました。雑誌掲載時にいただいた読者さまからの感想メッセージがここまで私を導いてくれたのだと思っております。ここに至るまで本当に色んなことがあり、挫けそうにもなりましたが、その度に手元に置いていた皆さまからの応援の言葉を励みにさせてもらいました。

そんな皆さまに、少しでも楽しんでいただけるような作品を書いて恩返ししていけたらと思っております。

それでは、またお目にかかれることを祈りつつ。

二〇〇九年　四月　青野ちなつ

初出一覧

ラブシートで会いましょう　/小説b-Boy '04年1月号（リブレ出版刊）掲載
ラブシートで愛しましょう　/書き下ろし

B-PRINCE文庫をお買い上げいただきありがとうございます。
先生へのファンレターはこちらにお送りください。
〒162-0825　東京都新宿区神楽坂6-46　ローベル神楽坂ビル4階
リブレ出版(株)内　編集部

B♥PRINCE
http://b-prince.com

ラブシートで会《あ》いましょう

発行　2009年6月8日　初版発行

著者｜青野ちなつ

発行者｜髙野 潔
出版企画・編集｜リブレ出版株式会社
発行所｜株式会社アスキー・メディアワークス
〒160-8326　東京都新宿区西新宿4-34-7
☎03-6866-7323（編集）
発売元｜株式会社角川グループパブリッシング
〒102-8177　東京都千代田区富士見2-13-3
☎03-3238-8605（営業）
印刷・製本｜旭印刷株式会社

Printed in Japan
ISBN978-4-04-867838-4 C0193

B-PRINCE文庫

好評発売中!!

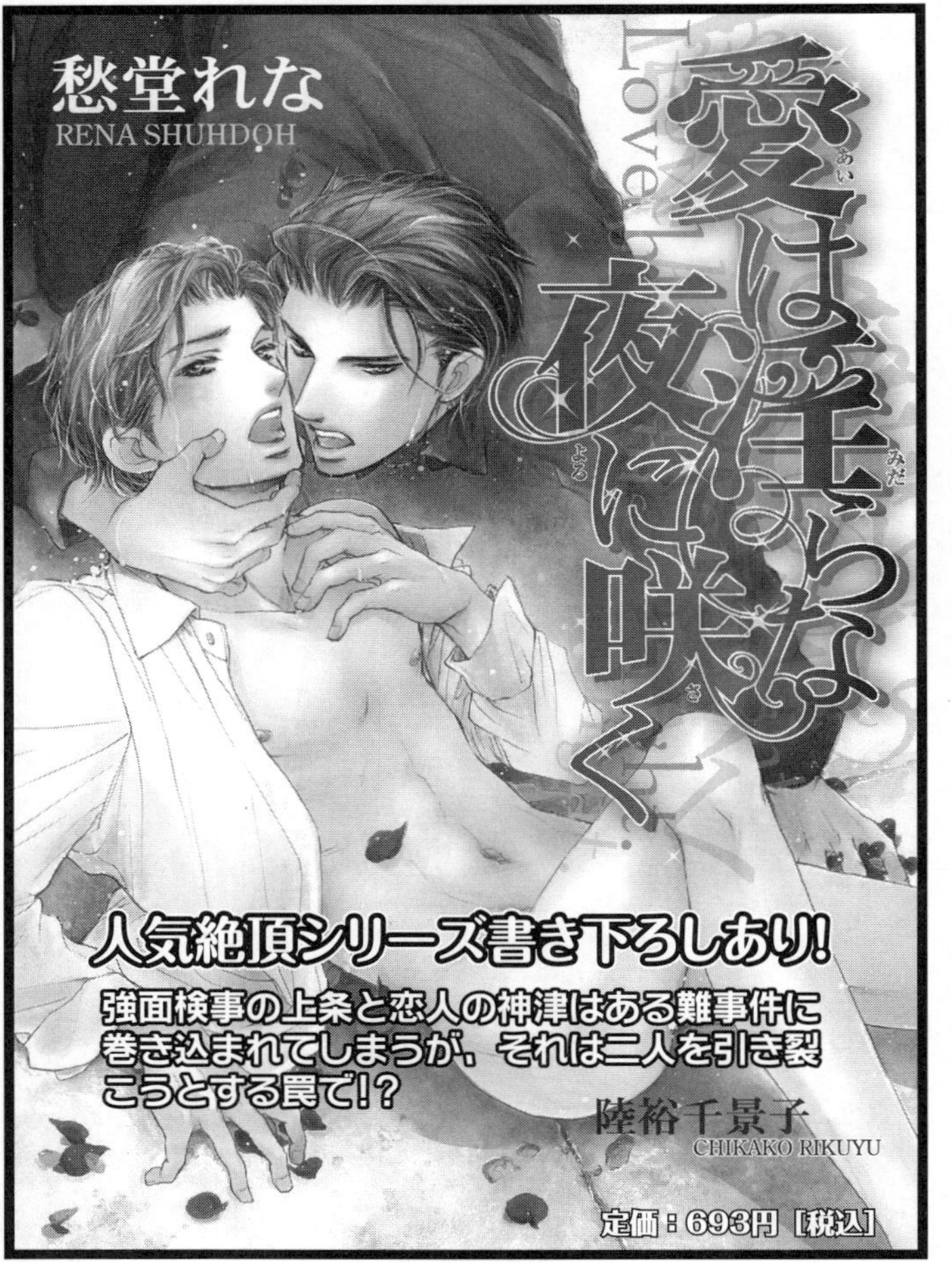
愁堂れな
RENA SHUHDOH
愛《あい》は淫《みだ》らな夜《よる》に咲《さ》く
人気絶頂シリーズ書き下ろしあり!
強面検事の上条と恋人の神津はある難事件に巻き込まれてしまうが、それは二人を引き裂こうとする罠で!?
陸裕千景子
CHIKAKO RIKUYU
定価：693円［税込］